노곤하개

파이널 시즌 **9**

홍끼 글·그림

ⅤㅣＯㅂＴㄱ
ViaBook Publisher

랜선집사 모두 모이개!

반려동물을 키우는 건 굉장히 힘든 일입니다.

힘들고, 힘들고, 또 힘들어요.

매일같이 산책과 청소를 하고, 배설물을 치우고, 털을 빗겨주고,

밥은 물론, 간식도 잘 챙겨줘야 하고 시간을 내서 놀아줘야 하죠.

병원비는 어찌 그리도 많이 나오는지,

항상 영수증을 받고 깜짝 놀라곤 합니다.

많은 집사들은 이 말에 공감하고 계실 거예요.

반려동물은 사람과 같이 감정을 느끼고 나타내죠.

혼자 있으면 외로워하고, 집사가 놀아주지 않는다면 서운해해요.

그래서 언제나 내버려두지 않고, 같이 놀고 쉬고 모든 걸 공유해요.

그렇지만 언제나 반려동물과 함께하고 싶은 사람들도

반려동물을 선뜻 데려오지 못합니다.

생명을 책임진다는 건 너무 무거운 일이고
기를 수 있는 환경, 가족의 동의, 경제적 여유로움 등
너무 많은 것들을 따져봐야 하기 때문이죠.

맞아요. 반려동물 키우지 마세요, 너무 힘들어요.
그렇지만 '랜선집사'가 되는 건
여러분도 할 수 있어요!
재구, 홍구, 말랑구 그리고 줍줍, 온두, 매미의
랜선집사가 되어주실 분들께 이 책을 바칩니다.

2021년 10월
멍냥집사 홍끼

차례

 프롤로그

제주도 조용한 시골 마을

부릉~

핑!

핑핑핑!

-에는 일곱 식구가 살고 있다.

텐션이 항상 낮고 무던한 편

집사 홍끼

홍구

재구

......

줍줍이

얚

6

말랑구의 오두방정 타임!

그걸 지켜보는 재구

하지만 홍구는 그 상황이
이해가 가지 않는다.

애교 공격!

줍줍이도
뽑뽀!

캬아악!!!

뭔가 이런 장면을 보고 있자면
마음이 훈훈해지는 것이다.

??

훈

훈..

맞아,
나는 언제나 이런 조용한
시골 마을에서

동물 친구들과
복작복작한 삶을
꿈꿔왔었지…

* 실화

삑삑구는 물고기가 좋아

뻬 뻬 – 삐!
삐 삐 삐!!!
삐 삐 삐!!!!

줄까?
먹고 싶어?

개!

싫어. 고양이 줄 거야…
난 고양이 더 좋아해.

…?

오잉! 뻑뻑구! 너 물 안 무서워?

첨벙…

무쩝개…

평소 물을 엄청나게 무서워하는 재구인데도 물고기만 눈앞에 있다면

나도 물고기… 잡을거개…

이렇게까지 용감해지는 것이다.

결국 너무너무 진심이었던 재구의 물고기 구경하기 취미는

자, 여보. 여깄어요.

낮과 밤을 가리지 않게 되었다.

여보도 뻑뻑구도 물고기 보는 거 좋아하니까

라이트로 비춰가면서 한번 같이 봐요.

두

둥

아냐… 이제 싫어지려고 해…

뻭구는 그 광경이
너무 좋았나 보다.

바다를 뒤집어
놓으셨다!

이제 이거 안 보면
집에 못 간다.

아나… 개…

개!!!!!!

물고기 보는
뻭뻭구.

구들과 제주도 방언

어느 날 산책을 갔다 온 종구가 표정이 좋지 않았다.

뚱……

왜 그럼?

구를 데리고 다니니까 동네 할머니들이 자꾸 뭐라고 하잖아~

쓰담

엥? 왜? 뭐라고 그랬는데?

무슨 일 있었어?

아니… 뭐라고 화내시는 것 같은데 제주도 방언을 못 알아듣겠어요.

ㅋㅋㅋ

나는 알아들었개.

ㅋㅋㅋ

형아는 바보개!

그냥 할머니들 억양이 억세서 그런 것 같은데.

산책을 또!!!!

그래서 확인차 다시 나가보게 된 것이다.

할무니~ 안녕하세요~!

!@$$^&^&!!!! 바티약쳐부난게 강생이들끌엉다니멍@#

억양 때문에 그렇지 구들을 걱정해주고 계시네요.

찌 잉-

할머니는 밭 근처에 제초제를 쳤으니 강아지들이 풀을 뜯어먹으면 위험하다고 말해주고 계셨다.

감사합니다~!

아이고 강생이들이
영 하영 이성 어떵 다 먹이젠

겐디 잘도 곱들락한
강생이들이라!

나는 시고르자브종.
예쁘고 잘생겼개.

자기 예쁘다고 하는 소리는
기가 막히게 알아들음

어느 날은 구들이
길에서 응가를 하는데

빠안~

······

얼른
치워야겠다!

!@$@#$
%^#$%!!!!

아니··· 지금 바로
치우고 있잖아요!

아냐, 여보. 그게 아니야.
사람도 안 지나다니는 풀숲인데
응가 안 치워도 되지 않냐고 하셨어요.

그렇구나… 나는
할머니들 말하는 게
화내시는 것처럼 들려요.

몇 번 반복하고 나서는
함부로 오해하지 않는다.

푸웁!!

@#$%%^$$

뭐라고
하시는 거예요?
칭찬인가?

홍재구가 살쪄서
배로 굴러다니겠대.

할머니, 개한테 왜 그래요…?

동네 어르신들은 구들이
지나갈 때마다 뭐라고
말씀들을 많이 하시는네

들어보면 굉장히
재미있는 것들투성이다.

할무니
안녕하시게.

주시는 관심만큼 동네 어르신들은
구들을 많이 이뻐해주시는 듯하다.

이거… 구 주려고
하나 튀겼는데

새거야… 사람이
먹어도 돼.

치킨집 사장님

미안해, 구들아.
단짠이다야.

누나랑 형아가
대신 맛있게 먹어줄게.

개 같네…

정작 받고 싶었던 관심은
받지 못한 구들이었다.

마당 꾸미기 (1)

전원주택의 로망은 바로
정원 꾸미기이지만

반려동물이
있는 집이라면

꾸미기가 아닌
[재건]이라고 부른다.

으아악
으아아악!!

쟤가 짓구요.
제가 부숩니다.

마당에 새로 잔디를 깔자마자
구들을 마당 안에서 놀게 해줬는데

몇 분 컷일까요~
알아맞혀보시개

부수기만 해봐라.
망할 놈들.

우리 개가 달라질 리가 없어요.

잠시 후

와! 땅속이 정말 시원하개!

난 안 했개...

와아아ㅏ아아아ㅏ!!!

멍멍이들은 왜인지 땅을 파서 자리 만드는 걸

여긴 말랑구 자리

여긴 재구 자리

좋아하는 것 같다.

누가 그렇게 지저분한 짓을 하는가.

쯧쯧... 한심한지고.

유교 ㅡ 견!

홍홍구 너밖에 없다.

잔디를 다시 심다 심다
지친 종구는

구들이 자주
파헤치는 자리에

돌길을
만들 거야!

새로운 방법을 꺼내왔다.

이렇게 하면
구들도 잔디 안 파고
좋겠지?

와, 여보 정말 잘 어울린다.
시골 청년회장 같네.

종구가 손수 만든 돌길은
정말로 꽤 괜찮았고

오…
대단한데.

오…
대단하개.

구들은 그 옆을 팠다.

디그구!

팡

개가 아니라 두더지를 키웠네.
이야, 이제까지 속았지 뭐람~

잔니는 너그들 알아서 해라…
그래도 시원한 나무 그늘 하나는 있어줘야지!

포기가 빠른 편!

잔디 대신에 마당을 꾸며줄 예쁜 팔손이를 가져왔다.

다행히 구들은 팔손이만큼은 건드리지 않았다.

무섭손!

그늘은 있어야지. 쟤는 놔둬라.

이야! 해피가 있었네. 그걸 간과했네.

??

해피 / 동네 친구 놀러 옴

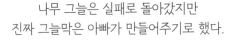

나무 그늘은 실패로 돌아갔지만
진짜 그늘막은 아빠가 만들어주기로 했다.

아부지만
믿고 있겠개.

아빠가
시원~하게
해줄게!

그렇게 아빠가

몇 날 며칠이 걸려서
만든 그늘막…

단 한 번도 쓰지 않았다고 한다.

개놈들!

개가 맞습니다.

와! 와, 진짜
너무하다!

결국 그늘막은 사서 썼다.

．．．．．

그리고 꾸미기(×) 재건(○)이
필요한 곳이 하나 더 남았으니…

고양이 마당!

마당이 좋은 구들.

마당 꾸미기 (2)

내가 처음 고양이 마당을 꾸몄을 땐
몇 가지 중요하게 생각한 것들이 있었다.

1. 일광욕
가능한 잔디밭

2. 자연에 온
기분을 줄 식물

3. 캣타워와
스크래처

그런 생각으로 열심히
고양이 마당을 꾸민 결과

장인의
손길!

깡

깡

깡

앸…

애앸…!

꽤 괜찮은 마당이
완성된 것이다!

제발 여기만큼은
예쁘고 깨끗하게 쓸 수 있게
해주세요.

파괴의
클리셰…!

엉엉엉엉

앵앵앵앰

파바박

니들은 강아지 마당이 있으니까
줍욘이 마당까지 어지르면
안 되지!

개금지

힝…

그렇다고 줍줍이가
어지르지 않는 것은 아니다.

긁긁

긁긁긁

안 돼, 줍줍아.
스크래처를 써.

냐아아악!!

고

양

난

무

* 고양이는 파괴되는 모습이 보이는
장난감을 좋아한다.

우리 집에는 고양이 화장실이
부엌에 하나, 화장실에 하나

1 2

3

고양이 마당까지
세 개가 있는데

아니, 왜
잔디밭에다가 싸냐.

이 좋은 델 놔두고
왜 그런 데다 싸겠냥.

끙~

그래.
이해는 된다.

아니, 화장실이랑 잔디밭 놔두고 왜 거따가 싸냐.

이 좋은 델 놔두고 왜 그런 데다 싸겠냥.

쉬이이이

넌 이해 못 해, 캣새꺄.

줍줍이는 데크 밑이라는 비밀 공간도 생겼다.

줍줍람쥐가 활약할 때!

오… 마이…

줍줍이, 쓰레기장 좋아하니?

옙!

총총

총총

총총

고양이는 청결한 동물 아니었습까?

반려동물의 공간을 꾸미는 것은

어린아이의 공간을 꾸미는 것과 비슷한 것 같다.

상상

창의력을 높여주는 파란색 벽지와

원목 목마, 예쁜 인테리어…

현실

낙서로 점철된 벽지

흘린 자국

넘어져도 다치지 않게 푹신한 매트

현실은 다른 법이지…

계속 죽어나가는 식물들을 바꿔 갈아줘야 하고

야아, 니들도 청소해라.

하겠냥?

싸아아

쉬야 냄새 때문에 물청소를 해줘야 하지만

그래도 좋아하니 된 것이다.

고로록…

뒹굴

뒹굴

고로로로록…

줍줍이는 마당을 가지게 된 뒤로는
도통 보이지가 않는다.

줍줍이 아직도 마당에서
안 들어왔어?

홍줍줍 이제
통금 정해야 할 듯.

줍줍아 일로 와.

이제 안으로
들어와야지!

얩!

튀
튀

저거 저거…
저놈 봐라 저거.

그렇게 줍줍이의 마당 생활
며칠이 지난 후

줍줍이가 집에 들어오지 못했던
이유를 알 수 있었다.

마당 꾸미기 (3)

마당에서 점점
피폐해져가는 줍줍이…

줍줍이에게는 무슨 일이
있었던 걸까?

어, 줍줍이, 드디어
나오는거?

비 장

줍이
신나게 놀았어?

무시하는 거
봐라 저거.

톡톡톡

동생아
동생아.

툭

툭

왜앵이~?

퉤

줍줍이는 욘두에게

오… 마이…

정말로 이렇게
귀한 것을 주시는
겁니까욘?

살아 있는 귀뚜라미를
뱉어 줬다.

그간의 노고에 대한
보답이라냥.

그러고선 쿨하게 다시
마당으로 달려가는 것이다.

타
악
쌜룩
쌜룩

그리고 잠시 후

나도 받았개!

띠용

말랑구도
챙겨주드나?

재구, 홍구까지??

쿵쿵

왜 준 거개;

줍줍이, 가족들 다 챙겨주는 거야?

놔라 인간.

토 도 도 도 도 도

줍줍이 진짜 착하다~

근데 나는 안 챙겨주니까 쫌… 서럽다.

근데 안 줬으면 좋겠다.

???? ????

자아분열

줍줍이 / 사냥꾼

선물을 버리는 녀석한테는
줄 것이 아무것도 없다냥.

검색해보니 그냥 먹기 싫어서
던진 거라고 한다.

감동 외장창

줍줍이는 귀뚜라미를
세 마리나 잡고도

어우, 밥도 떠다 먹여줘야 돼.
들어와서 먹어 인마.

마당에서 나올 생각을
하지 않고

며칠 후 그 이유를 알 수 있었다.

왜, 뭐.

앰 옹

고양이 마당을 청소하기 위해
시든 잔디를 걷어냈는데

뻬

꼼

도마뱀!!

깨깨깨깨깩깪깖꿍

텁

손 떼!

손 떼!

어우, 미쳤나 봐.
왜 이래.

펴

펔

펔

줍줍이는 도마뱀이라는 생물을
잡기 위해 그 고생을 했던 것이다.

어쩌다 들어왔는지 모르겠지만 잘 가라.

얼른 잡아서 밖에 놔줬더니

줍줍이는 목적을 잃었고

충격

뿔 뿔 뿔

.....

다시 방에서 얌전하게 잤다고 한다.

+

고양이 마당에서 민달팽이를 발견했다.

와… 와, 진짜 크다. 손바닥만 하네.

거대 민달팽이

줍줍아! 줍아! (다급하게 부르면 온다)

일로 와서 이것 좀 봐봐.

왉깩깩!

으!

줍줍이도 민달팽이는 징그러웠다.

마당에서 나오시는 줍줍.

나는 비위가 약하다

구들은 핥는 걸 좋아한다.

뽀뽀~

그리고 난

으!

핥 핥 핥 핥

핥

똥꼬 핥은 입!

비위가 약하다.

상처···

아니, 내가···
구가 싫은 게
아니고···

구야, 일로 와!
형아가 뽀뽀해줄게!

이렇게 강아지와 뽀뽀하는
집사들을 보면 존경스럽기까지 하다.

뽀뽀~

아까··· 똥꼬···
핥았을 텐데···

개 한 입~
나 한 입~

짝 짝 짝

정말 대단하다.
비위가 상하는 것마저
뛰어넘는 사랑!

여보는 구야가
뭐가 비위가
상하니?

개가 뭐가
비위가 상하개?

저거 봐 저…
똥꼬 또 핥잖아…

똥꼬 핥핥

찝찝…

나는 비위가 약하기 때문에
뚜껑 없는 컵도 사용하지 않는다.

물론 털을 막기
위함도 있지만

진짜 이유는 끔찍한 장면을
봐버렸기 때문이다.

화장실 갔다.
와야지~

어느 날 작업하다
잠시 자리를 비웠는데

응?

욘두가 끔찍한 일을
벌이고 있었다.

저… 저!
저놈 봐라 저거.

여보야!!! 박윤두가
내 커피컵에!!!!

왜요! 왜!!
쉬했니?

똥꼬를 여기다가 대고 꼬리를 두 번 팅겼어.

심 각

여보는 뭘 그런 걸 가지고 그러니…

여보는 유난이라니까~

으윽, 더러워! 똥 가루 들어갔을걸!

찝찝…

그 후로 뚜껑이 있는 텀블러만 쓰고 있습니다.

그리고 또 어느 날 산책하던 중

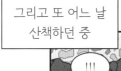

!!!

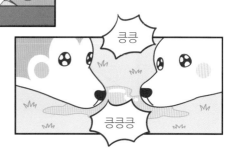

킁킁

킁킁킁

할짝

구들은 꼭 암컷이 쉬하고 가면

한번 핥아본다니까.

으윽…!

핥고 나면 거품을 문다.

여보는 저러는데 뽀뽀할 수 있어?

……

괜찮아요. 못 봐서 상관없음.

흐린

눈

스스로 시야를 차단해버린 종구 씨였다.

동생이 생겼다 (1)

말랑구는 어렸을 때부터
구들에게 편애를 받아왔다.

으… 말썽꾸러기들.
너무 귀찮게.

음? 넌 좋아.
넌 일로 오개.

넹!

???

말랑이
수컷인데?

의기양양

망!

말랑이, 뒤에서
개껌이라도
갖다 바쳤니?

그렇게 타노스와 베놈이
먼저 국내 입양을 가고

판다와 쭈쭈, 동석이는
훈련소에서

막맹이는 위탁소에서 새 가족을
만나기 위한 연습을 하다가

판다와 쭈쭈는
샌프란시스코로

막맹이와 동석이는
캐나다로 가서

행복한 견생을
살게 되었다.

막맹이만큼은 출국하는 날
인사해주기 위해 배웅을 갔는데

맹숭아!

…!

맹숭이… 가서
잘 살아야 해…!

크흡…!

응, 관심 없고.

어디서 왔개.

가는 길에 한번
친해져보시개.

와~ 견성 봐라 저거.
남자친구만 좋다 이거냐.

어쨌든 다들 하나같이
너무 좋은 집에 입양이 돼서

너무너무 즐겁게
살아가고 있다.

저 자리가
내 자리여야
했는데…!

나도
잘 짖는데!

그렇게 마지막까지
남겨진 말랑이.

모른 척

말랑이는?

말랑구의 불꽃 아부 덕분이었던 걸까.

아아, 행님들! 산책 다녀오셨습까!

먼지가 많습다.

귀 청소 해드리겠습다.

구들은 말랑구가 정말 귀여웠는지

이런 행동까지 하기 시작했다.

말랑구가 좋은 재구.

 # 동생이 생겼다 (2)

평소 고양이 동생들에게는
꽤 엄격한 구들인데

......

뒤적

멍!

누가 쓰레기를
뒤지는 것이개!

파 팍

팍

......

뭐 하개. 나도
같이 보시개.

흐   웃

훈장님 어디 갔냐!

쿵쿵
쿵

우다다하던 욘줍이가
어쩌다 구들 꼬리를 밟으면

우다다 다다

밟!

엉!!
(이놈!)

깜짝!

사자후를
터뜨리는 반면에

우다다 다다!

밟!

누가 내 꼬리를 밟

휙!

나 했는데 우리 귀여운 동생이네~

동생아 심심하개?

그럼 같이 놀개.

형아 최고!

구들은 차별이 너무 심했다.

개 같네···

구들의 말랑구 아끼기는
정말 경이로운 수준으로

구들
간식 먹자!

냠!

냠!

형아 입에 있는 것도
내 거개.

...

냠냠

입에 넣었던 간식을
말랑구에게 내어준다!

이게 어디서
형아 걸 뺏어 인마.

퉤 해! 퉤!

삼켰는데용.

형아들
하나 더 먹을 때까지
앉아 있어라.

삥...

침

울...

삑...

말랑구가 구들 사이에 들어가 앉으면

ㄱ으...

귀도 열심히 핥아준다.

사람들이 강아지를 사랑하는 이유 중 하나가

멍멍이밖에 없다…!

밥을 때려라!

집에 들어오면 반갑게 반겨주기 때문인데

구들도 집에 돌아오면 격하게 반겨주는 말랑구가 사랑스러운가 보다.

형 왔개?

개가 집 왔다고 반겨주는 거 말랑구밖에 없개.

말랑구는 형들이 좋아!

후보 1번 강아지 단호박 케이크

필요한 재료
단호박 달걀 닭가슴살

1. 단호박을 갈라 씨를 파냅니다.

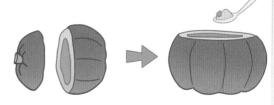

2. 닭가슴살을 삶아놓고

3. 단호박은 전자레인지로 10분 정도 익혀줍니다.

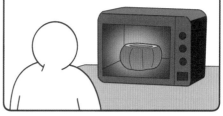

4. 달걀 5개의 흰자를 분리해서 깊은 볼에 담고 머랭을 쳐줍니다.

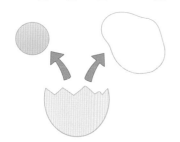

6. 속을 파내어 으깬 단호박과
   잘게 찢은 닭가슴살을
   한데 섞어주세요.

7. 노른자 5개와 머랭을 넣고
   다시 한번 섞어줍니다.

8. 나중에 케이크가
   잘 떨어질 수 있도록
   빵틀에 기름을 살짝
   바릅니다.

9. 모두 넣고 잘 익을 때까지
   오븐에 구워주세요.

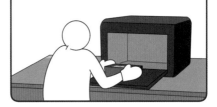

10. 한 김 식혀서
    잘라 내면 끝!

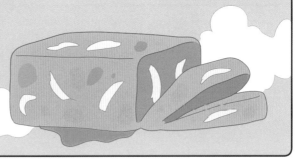

개같이 벌어서 정승같이 쓴다

우리가 쓰는 말 많은 곳에
개가 들어 있다.

개들이 우리 삶에 들어온
시간이 길었던 만큼

좋다

싫다

같다

어떤 감정을 강조하는
용도로 사용되기도 하고

속담에도 많이
나오곤 하는데

서당개 삼 년이면 풍월을 읊는다

ㅋㅋㅋ   ㅋㅋㅋ

개가 웃을 일이다

닭 쫓던 개 지붕 쳐다보듯 한다

어, 이거 이거
문제가 있네 이거.

개같이 벌어
정승같이 쓴다

제 생각에는 말이죠,
약간의 수정이
필요합니다.

집사같이 벌어 개에게 쓴다

좋아! 이제 현실적이다!

개같이 번다는 말을 왜 수정할 수밖에 없었는지 살펴보도록 합시다.

자, 여기 개 세 마리가 있네요.

??!

이놈들의 일과를 염탐해봅시다.

기상

음… 쩝쩝.

끙…

구 일어났어? 밥 먹을까?

입맛 없개…

산츠…

ㄱㄱㄱㄱㄱㄱ

벌

떡

더 자고 싶다.

행복 타임

반면에 '집사처럼 번다'는 정말 현실적이다.

열심히 벌어야 2냥 3멍을 먹여 살릴 수 있기 때문이다.

고양이와 개가 동시에 나오는 속담도 있다.

고양이 개 보듯 한다.

냐아악!

냐악!

으르릉

사이가 나빠 싸울 기회만 찾는다는 뜻인데

구들과 냥이들은 싸우지는 않지만

ㅇㅅㅇ

......

빠안~

냥냥 펀치!

뭐야 왜 때려요.

심심해서 때려봤다.

ㅋ

이런 행동들을 보자면
틀린 말도 아닌 듯하다.

애앍옮

?

줍줍이
왜?

왜앍앍옮~

퍽

퍽

퍽

이건 '고양이 집사 보듯'
이라고 할 수 있겠다.

뭐야!
왜 때려요.

하지만 집사는 냥냥 펀치
맞으면 기분 좋아짐.

기분 나빠.

두근~

변태 자식.

아…?

왠지 줍줍이가 안기지 않는
이유가 실감이 나버렸다.

줍줍이의 솜방맹이.

고양이의 미스터리 (1)

고양이를 한 마리
모시고 있는 집사들은

종종 고양이 세 마리를
모시고 있다는 기분이
들 때가 있을 것이다.

이는 고양이가 미스터리한
생명체이기 때문인데

줍줍이 안에도
세 마리의 고양이가 있다.

줍줍이

줍줍이

붑붑이

이건 아니고

바로 이런 점을
말하는 것이다!

나를
쓰다듬어줘.

부빗

부빗

줍줍이 쓰담쓰담
받고 싶어?

그렇지만 쓰다듬으면
죽여버릴 거야.

냐르릉!

?????

근데 쓰다듬는 걸
시도하지 않으면
몹시 실망할 것임.

아

련~

줍줍아
미친놈이니?

동생에게 그루밍을 해줄 때도
줍줍이의 자아들은 싸운다.

줍줍이의 자아분열은 구들과
함께 있을 때도 여전하다.

구들이 산책을 다녀오면
구들에게 묻어 있는 바깥 냄새를
맡기 위해 줍줍이가 다가오는데

이게 내 코에 발을 대네?

… 누나도 재가 왜 저러는지 모르겠어…

쒸익… 쒹…

줍줍이는 종종 자기 안의 다른 고양이와 싸우기도 한다.

뭔가 나에게 다가온다.

VS

귀가 가렵다. 긁어야겠다.

……

왜아앙옭

왜아아아옭!!

이해하려는 노력은 접도록 하자.

매미에게도
두 가지 자아가 있다.

매미 빗질?

타다닥

빗질받을래?

매미는 쓰다듬과 빗질받는 것을
굉장히 좋아하는데

내 엉덩이를
만져라.

엉덩이 만지면
죽여버린다.

VS

매옹~

매애얩!!

????????

매미의 자아분열 덕분에
집사는 쓰다듬는 와중에도

샥!

샥!

언제 날아올지 모르는
냥버린 펀치를 피할 준비를
하고 있어야 하는 것이다.

* 반사 신경을 기르고 싶다면
고양이와 친해져보자.

이런 것들로 미루어 보았을 때
고양이는 정말 알 수 없는 동물인 것이다.

귀여운 얼굴에
감사해라.

그리고 냥청하기만 한 줄
알았던 욘두에게도

미스터리한 자아분열이
있었으니…

고양이의 미스터리 (2)

욘두는 평소에 개냥이답게
굉장히 보채는데

안아주라냥.

왜애애애오앵!
왜애애앵!

애앵이!

안아주면 바로
골골거린다.

고로록…
고로로로록…

욘두야, 이번엔
내가 안아줄까?

스윽

넌 싫다냥.

?

아까는 안아달라더니
갑자기 안기기 싫어진
고양이의 자아분열…

추욱

아뇨 여보, 이건
자아분열이 아니고
그냥 편애하는 건디.

그렇다. 이번 화 고양이의 미스터리는
고양이의 ~~자아분열~~ 손절…

욘두는 어쩌다가 집사를
살짝 손절하게 된 걸까?

과거 경기도에 살 때,
출근하는 종구 대신에

욘두,
언니 껌딱지야?

제주도로 이사를 갈 때
나는 줍줍이와 먼저 내려가
집 정리를 시작하고

하루 온종일 집에 있는
나를 더 좋아했던 욘두…

종구는 욘두와 경기도에 남아
짐을 부치고 정리를 끝내느라
일주일 뒤에 내려왔는데

욘두는 그 기간 동안
나를 조금 손절했다.

?????

나를 두고 가지
말았어야지욘.

와… 와, 정말
와, 너무했다 진짜.

고양이는 정말 미스터리하고
민감한 동물로

어어
너 요만큼 손절.

왜???

언제나 집사와의
손절각을 재고 있는데

욘두가 집사를 조금씩 손절한
이유들을 몇 가지 들어보자면

흐아암…!!

집사가 기지개를 폄

5555555…

뭐야, 내가
뭐 했는데.

감히
몸을 부풀리다니
건빙지다냥.

기지개 좀 폈다고
몇 시간 동안 손절당했다.

지켜본다.

……

진짜
오바 아니냐.

겨울에는 패딩을 입으면
더 손쉽게 손절당할 수 있다.

카아악!

너는 털 있다 이거냐?
나도 좀 따뜻해보자.

노곤하개 너튜브 편집자 영진 님이
집에 놀러 온 적이 있었는데

안녕하세요!

갯강구패딩!

!!!!!!!!!!!!!

깨깩객

그 모습이 충격적이었던
줍줍이는 1년째 영진 님만
놀러 오면 자취를 감춘다.

그때 그
갯강구…!

흥줍줍
오반데…

간혹 며칠 집을
비우고 돌아오면

나 왔다~!

핥핥핥

아이구, 누나
보고 싶었어요.

하악

타다닥

줍읁…

……

이럴 때만큼은 개파에
손을 들어줄 수밖에
없는 것이다.

말랑구는 엄마를 닮았어

재구와 홍구가
아직 어렸을 때

너는 안 가고
나는 가지롱~

끙…!

에비비비

뿡…!

재구는 혼자
산책을 나가다가도

히히
산책.

끙끙…
끙월럴…!

글썽..!

…!!

홍구는 혼자 산책 나가면
더 신나 하는데

홍구의 우는 소리를 들으면
곧바로 돌아올 정도로
동생을 아꼈었다.

홍홍구도
데려가겠씀미다.

아이고, 재구
왜 이렇게 착해?

근데 밥은
뺏어 먹음…

이제는 그 아끼는 동생이 말랑구가 되었다.

귀여운~

그러시든가.

내 동생~

말랑구도 형들의 힘을 등에 업었기 때문일까.

쭈글 쭈구리

당—당!

혼자 산책할 때와 같이 산책할 때의 반응이 완전히 다르다.

첫 번째로 나 혼자 말랑구를 산책시킬 때는

산책 난이도: 최하
속도를 맞춰 옆에 붙어 걸음

산책이 길어지지도 않는다.

슬슬 형아가 보고 싶개.

이제 형들한테 가볼 것이개.

YEAH!

벌써 집 갈 거야?

종구가 추가되면 좀 더
발랄한 산책이 가능하다.

산책 난이도: 하
냄새도 더 차분하게 맡음

그렇지만 여기서
재구 홍구가 추가된다면

말랑구 눈빛이
달라졌다!

재구 홍구와 함께하는 산책에서 말랑구는
항상 첫 번째 자리를 차지한다.

산책 난이도: 상
자신감 충만으로 인한
통제 어려움

딱딱구
리더네~

혼자 산책할 때 다른 강아지를
보면 쭈구리가 되는데

절로가.

구 형아들과 함께라면

두두
두두
두두

···!

야~ 일로 와봐.
내가 갈까? 확 그냥.

딱딱구~!

저,
목 빳빳한 것 좀
봐라 저거.

이게 빽 믿고
나댄다는 그건가?

이놈 웬만하면
산책 혼자 시켜야겠어요.
건방져가지고 안 되겠네.

싫개 싫개
형이랑 할 거개!

그게요. 산책
말랑구만 따로 시킵시다.

든든한 뒷배가
되어주는 덕분일까.
말랑구는 항상 형아들에게
귀여운 개인기를 보여준다.

엎드린 상태에서
옆으로 누운 다음

엉덩이를 든다.

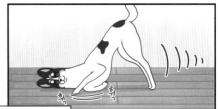

그 상태로 앞발을
저으면서 걸어옴

구에게 도착하면
뽀뽀를 해주는 것이다.

구들도 말랑구가
귀찮을 법한데

노력이 너무 가상해 보여서 그런지
최대한의 리액션을 해준다.

우오오
지지 않겠다.

구들이 말랑구에게만 유난히
특별한 애정을 쏟아주는 건

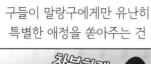

차분하게
돌아버리기!

말랑구의 애교도 큰 이유겠지만
말랑구가 막맹이와 가장
닮았기 때문인 것도 같다.

낄 곳과 빠질 곳을
구분 못 한다는 점이라든지

으윽… 텐션
적응 안 된다.

추위는 많이 타는데
옷은 또 싫어한다든지

춥든가 입든가
하나만 하자.

잉! ㅇㅇㅇ

하네스도
싫어함

뭔가 잘못한 게 있으면 계속
숨고 도망 다닌다는 것 등.

그렇게
찔린다면

잘못하지 말았어야
하는 것 아닙니까
얍실이 녀석아.

시야가 정말 좁아서 방향 전환하다가 머리 부딪힌다든가

차 무서운 줄 모르는 거랑

자리 없는데 굳이~ 비집고 들어오는 거랑

여보야, 좋은 점을 말해줘야죠.

좋은 점은 세계 최고 애교쟁이라는 것 정도일까.

막맹이랑 똑같개!

똑같개!

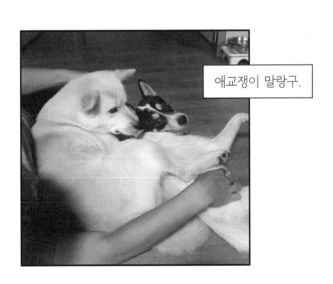

애교쟁이 말랑구.

다견 가정 산책 요령

1. 반려견의 목둘레에 맞고 두께가 적절한 목줄 또는 하네스와 줄이 필요합니다. 점잖게 산책하는 개라면 목줄을 사용해도 좋지만 끌어당김이 심한 개라면 목줄이 기도를 압박할 수 있으므로 가슴줄을 쓰는 것이 좋습니다.

2. 반려견의 용변을 처리할 수 있는 배변봉투를 충분히 준비합니다.

3. 산책 중에 어떤 일이 생길지 모르므로 반려견이 평소 좋아하는 간식 중 운반이나 급여가 편리한 것을 미리 준비합니다. 반려견이 흥분하거나 주의를 다른 데 쏟으려고 할 때 관심을 돌리는 목적으로 사용할 수 있습니다.

4. 반려견이 산책이나 목줄 또는 가슴줄 착용에 적응하지 못한 상태에서 다견 산책을 시도하면 끌어당김이나 불안한 행동을 하여 다른 개의 불안감을 유발할 수 있습니다. 이때는 처음부터 여러 마리를 함께 산책시키지 말고 한 마리씩 개별적으로 산책을 시켜 반려견이 줄과 산책에 익숙해지도록 한 다음, 다견 산책을 시도합니다.

5. 다견 산책 시에 자동으로 줄을 조절할 수 있는 장치는 조작하기가 어렵습니다. 한 손으로 조작할 수 있도록 줄 하나에 두 개의 목줄이나 하네스를 걸 수 있는 리시 커플러(leash coupler), 리시 스플리터(leash splitter)를 사용하는 것이 좋습니다.

6. 강아지의 에너지 요구량, 운동 능력은 저마다 다르기 때문에 제일 느린 강아지에 맞춰서 산책을 합니다. 나이가 많아 관절염이 있거나 혹은 관절염이 의심되는 개와 다른 개를 같이 산책시키는 경우에는 장시간 걷지 않아야 하며, 이때 다른 강아지들은 운동을 한 것이 아니라 짧게 산책한 것으로 간주해야 합니다. 운동이 더 필요한 강아지는 산책이나 놀이를 따로 더 해줍니다.

7. 다견 산책을 잘 하는 최선의 방법은 꾸준한 연습입니다.

매미가 돌아왔다

전에도 매미를 집냥이로 만들고자 한 시도가 있었지만

야생

다양한 방해물들이 존재했으니

1. 여자친구가 집으로 찾아옴

아, 이건 못 떼놓지. 예쁜 사랑 해라.

(현재는 오지 않는다. 헤어진 듯)

2. 부모님의 반대

매미만은 안 된다.

3. 상대적으로 좁아진 공간에 의한 스트레스

나갈래옹!!!! 나갈래옹!!!!

그리하여 매미가 다시
우리 집에 오게 된 것인데

불안해…
불안하다…!

여보야 뭐가
불안해요?

여보가 저놈의 탈주 본능을
아직 실제로 본 적이
없어서 그래.

?

매미는 완전
재규어라고!!!

웬만한 문이란 문은
다 열어젖히고
열리지 않으면 찢고, 긁고

나갈 기회만 호시탐탐
노리는 녀석이야.

크르릉

크르릉

하지만 우리 집은
방묘문이 있잖아요?

매미는
이동장도 찢어.

팍!

팍!

아~~~~!

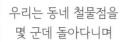
우리는 동네 철물점을
몇 군데 돌아다니며

튼튼하고 녹이 슬어 떨어질
위험이 없는 재질의 망을 골라

모든 창문에다
시공하기 시작했다.

좋아…
사람도 열 수 없게
고정시켜 버렸어요.

안—심!

그런데 매미는 나이가 들어서일까
아팠던 기억 때문일까

……

다소곳~

아니면 줍줍이가
맘에 들어서일까?

생각보다 잘
적응해버렸다!

여기…
좋은 데냥…!

따 땃~

역시 전기장판을 틀어주면
좋아할 줄 알았지!

매미의 젠틀함은
줍줍이의 마음도 녹여서

하아악!

나는 너한테
하악질 안 할 거다냥.

같이 우다다를 하는
사이로 발전해버렸다.

지금은 아침저녁으로
집사에게 꾹꾹이를 해주는
훌륭한 집냥이가 되었다.

고로록…
고로로록…

그런데,
있잖아요?

매미는 꾹꾹이도 좀…
기분 좋아서 하는 게 아니고
뭔가 아침저녁으로 해야 할 일을
꾸준히 하는 느낌이야.

아침저녁으로
운동하는 것처럼요?

응! 맞아요.

저 봐. 좀… 너무… 진지하지 않나…

그러게요. 팔근육 봐라;

매미는 그렇게 기른 팔근육을 간식 뺏어 먹는 멍멍이들에게

딱!

딱콩을 먹이는 용도로 쓰는 듯하다.

줍읜이한테는 양보해주면서 개한테는 왜 안 해주개!!

어쨌든 잘 지내는 것 같으니 다행인 것이다.

길 / 마당고양이 실내에 적응시키기

제일 먼저, 입양자 자신이나 가족 구성원의 임신, 알레르기 등을 이유로 고양이를 다시 밖으로 돌려보내는 일이 있어서는 안 됩니다. 이런 상황이 발생한다면 의사의 도움을 받아 해결하려는 의지를 가져야 합니다.

고양이를 야외에서 실내로 옮기는 것은 점진적으로 실행해야 합니다. 스크래치 패드와 화장실을 야외에서 미리 접할 수 있게 한 다음 실내로 들이고, 음식 급여를 실내에서 하고 식후에 다시 야외로 돌아가도록 하는 것을 반복하여 실내에 머무는 시간을 점점 늘립니다. 또, 실내에서 문을 긁거나 물건을 파손하더라도 소리를 지르거나 물리적인 체벌을 하지 않아야 합니다. 부득이한 경우에는 스프레이에 물을 담아서 해당 행위를 할 때 뿌려주는 방법을 써볼 수 있습니다.

사람이 최초로 고양이와 동거한 것은 기원전 7500년경의 일이고, 반려동물로 고양이를 키우게 된 지도 오래되었지만 고양이에게는 야생의 습성이 조금 남아 있습니다. 자연에서의 행동과 유사한 것들을 실내에서도 할 수 있게 여러 가지 장치를 제공하는 것이 중요합니다. 고양이는 사냥 본능을 토대로 놀이를 하므로 성큼성큼 다가간다거나 쫓기를 하고 갑자기 덤벼드는 등의 행동을 합니다. 따라서 공과 종이봉투, 종이상자와 같은 다양한 종류의 장난감을 제공해줍니다. 또, 위에서 내려다보는 것을 좋아하므로 캣타워를 준비하여 나무를 타고 지붕으로 올라가는 것과 같은 환경을 마련해주고, 햇빛이 드는 창에서 창밖의 새를 보거나 일광욕을 할 수 있게 해주며, 고양이가 먹을 수 있는 캣그라스(cat grass)를 제공해줍니다.

그 밖에 고양이에게 많은 시간과 주의를 기울이고, 고양이가 야외 활동을 즐긴다면 고양이용 가슴줄과 줄을 착용시켜 어슬렁거리는 산책을 시도할 수 있습니다. 이때 돌발 상황이 발생할 수 있으므로 보호자에게서 너무 멀리 떨어져 혼자 걷지 않도록 합니다. 고양이가 계속 밖으로 나가려고 하면 놀이를 하면서 주의를 끌고, 불안감을 감소시킬 목적으로 동물병원에서 약을 처방받아 투약할 수도 있습니다.

구들과 자동차 (1)

말랑구는 원래 차멀미가 심한 편이었다.

우웨엑

차에 타는 스트레스 때문에 침을 흘리고 항상 토를 했음

차멀미가 심한 원인은 아마도

말랑구 짧은 주둥이 시절!

아직 어린 강아지라 균형 감각이 발달하지 못했고

차에 탔더니 주사 맞았개…!

차에 타면 어지럽고 무서운데 차에 타는 족족 병원에 가니

[차는 무서운 것]이라고 학습해버렸기 때문인 것 같다.

그럴 땐 좋은 데 많이 데리고 다니면 되지~!

토하지 않을까요?

연습 삼아 가까운 곳부터 천천히 가보는 거예요!

말랑구에게 [차 탄다 = 멋진 곳 간다!]를 심어주기 위한 교육이 시작됐다.

처음에는 구들과 같이 차를 타는 연습을 하고

형아 있으니까 안심되지?

저는 그다지...

형아는 차 타서 좋다고 하는데?

걸어도 갈 수 있는 가까운 곳에 내려서 산책하기 시작했다.

ㄴㄴㄴ

랑구야, 차에서 내렸더니 산책하러 왔다! 좋지?

랑구 차 타고 왔더니 맛있는 간식 생겼다!

웨엑!

이런.

그럼 이건 어때. 차에서 누워서 낮잠 자기.

말랑구 빗질도 받고 누나랑 같이 자는 거야. 하나도 안 무섭지?

ZZZZZ...

말랑구 수도꼭지니?

말랑구는 차 타는 연습이 너무 괴로웠지만

힝무룩…

자, 랑구야! 내려봐!

호옹…

호오오옹…!

다다다다다다다다다다다다다다!!

고양이 응가를 발견했던 것이었다.

투둑

*

아, 씁, 진짜.

차 타고 나오면 즐거운
기억만 남겨줘야 하기 때문에
포기하기로 했다.

또 쓸데없는 부분에서
엄마 닮았네.

나한테 달려들지
말아주라.

와, 역겹댜냥

기분
좋아!

말랑구
냄새가 핫하개.

그래… 랑구야
차 타고 오면
다 할 수 있어…

고양이 응가도 붙이고
달릴 수가 있지!!

107

이렇게 말랑구는 몇 달에 걸쳐 자동차 타기를 연습하여

탄다!

내린다!

간식!

지금은 차 문을 열면 타라고 하기 전에도 신나서 먼저 뛰어올라가 버린다.

아이고, 우리 말랑구 씩씩이예요~

홍구도 말랑구에 질세라 차 문만 열면 들어가버린다.

......

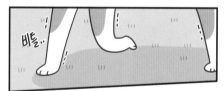

비틀..

꾸울

씩씩

말랑구의 훈련이 끝나려던 찰나 재구에게 이상한 버릇이 생겼다.

구들과 자동차 (2)

뭐야, 홍재구?
재구 어디 아파?

아이고, 여보야.
재구 좀 일으켜봐요.

네네.

재구는 힘이 쭉 빠진 듯
그대로 늘어져버려서

?

데굴데굴데굴데굴

슥

귀엽게
왜 저래…

홍재구 진짜
왜 그러는데?

눈 감아버리기!

자는 척하네~
이놈 봐라 이거.

산책 가기
싫…

은 건 말이 안 되고.
차 타기가 힘든가?

나이가 들어 허리나 다리에
통증이 있나 싶어서

개고집!

발 받침을 대령해봐도

재구는 차에
타지 않았다.

그럼
가지 마라.

…????

여보야,
홍구랑 말랑구만
데리고 가요~

그렇게 홍구와 말랑구만 데리고
즐겁게 산책을 다녀오니

난 안 즐거워.
난 힘들어.

추우욱

낑… 뺑…

횡뺑…!

울억

울억

가자고 할 때
가든가…

한 번 버리고 가는
강경책을 취했음에도

… 들어
달라는 건가?

재구는 또 차에
타지 않았다.

들어주니까
개싫어하는데.

ㅋㅋㅋㅋ
ㅋㅋㅋㅋ
ㅋㅋㅋ

쒸이익…

재구는 이렇게까지 차에
타는 것을 싫어해놓고선

막상 차에 타면 드라이브를
너무 좋아하는 것이다.

바람을
즐겨보게...

(그냥 차에 오르는 것만 싫어함)

그래서 재구가 왜 차에 타지
않는 걸까 하고 생각해보니

흠...

재구
동네 산책 갈래? ○○○○○○○○

벌떡!

재구는 멀리 가서 하는
산책이 너무 좋지만

구역 관리는
철저해야 하개!

스이이

동네 구역에 마킹을
매일매일 하지 못하는 게
신경이 많이 쓰였는가 보다.

동네 한 바퀴를
돌고 오니

차 타라구여?
당연히 타져 ㅎㅎ

쓱!

그냥 이것도 저것도 다
하고 싶은 욕심쟁이였다.

구들과 함께 산책을 끝내고
집에 돌아왔다.

재밌었개.
이제 마당에서
놀 것이개.

······

홍홍구
왜 안 나와?

내리기 싫개.

홍홍구는 정말로 끝끝내
내리지 않았다.

집-

고

지독한 멍멍이…

어쩔 수 없네.
그럼 재구랑만
동네 산책 가야지.

나도
데려가시개!

오다다닥

정말 산책 가나요?

아니, 집에 가.

차 안 탈래 재구.

반려견의 차 탑승을 돕는 방법

강아지의 멀미는 끙끙거리거나 발로 긁는 행동, 입술 주변을 문지르고 핥는 행동, 심할 경우 침을 흘리고 구토, 설사를 하는 행동으로 나타납니다. 성견보다는 자견에게 더 흔하며, 이는 내이에 있는 균형 유지 기관이 완전히 발달하지 않은 탓입니다. 엔진음과 진동이 있는 차와 같이 갇힌 공간에서 이동하는 것은 강아지에게 공포스러운 상황이 될 수 있으며 적응하는 데는 시간이 필요합니다. 성견도 차로 이동하는 경우 스스로 제어할 수 없는 상황에 불안감을 느끼고 종종 토하는 증상을 보입니다. 어려서 처음 차를 탔을 때 놀랐거나 트라우마를 갖게 되었다면 차 타는 것이 스트레스의 연속일 수 있으며, 중이염이나 내이염 혹은 전정계 질환이 있으면 균형 감각을 유지하기가 어려우므로 구토를 하기 쉽습니다.

위 속이 비면 구토를 줄이는 데 도움이 되므로 차를 타기 전에 금식을 시키고(장시간 차를 타야 한다면 12시간 동안 금식합니다) 용변을 미리 보도록 유도합니다. 깨끗한 물은 급여 가능하므로 캐리어를 사용하는 경우 전용 물병을 달아주는 것도 좋습니다. 차 실내를 조용하면서 덥지 않고 시원한 정도로 유지하고, 보호자가 평상시 입던 옷이나 집에서 사용하던 담요를 깔면 집과 같은 느낌을 줄 수 있습니다. 장난감도 도움이 될 수 있으므로 평소 가지고 놀던 것이나 새로운 장난감을 준비해봅니다.

차 타는 연습을 할 때 보호자는 침착하고 안정되어 있어야 하며, 반려견이 짖거나 울더라도 혼내지 않습니다. 또한 반려견이 불안해하는 증상을 보이면 차 타는 연습을 바로 멈추어야 합니다. 이때 멈추지 않으면 반려견은 스트레스 상황에 계속 놓이게 되므로 불쾌함이나 공포감을 갖게 되고, 훈련을 다시 처음부터 시작해야 할 수도 있습니다. 반려견을 이동형 캐리어에 들어가게 하거나 동물 전용 안전띠를 채워 연습하는 것도 좋습니다. 만일 운전 중 강아지가 토하려고 하면 차를 세우고 주변을 잠시 걷게 해줍니다. 이는 일시적으로 스트레스를 완화하는 데 도움을 줄 수 있습니다.

여행에 대한 불안감을 줄이는 제일 좋은 방법은 짖거나 하울링을 하지 않을 정도로 짧게 여행하는 것입니다. 반려견과 함께 차에 타서 시동을 켜고 차량을 이동하지 않는 상태로 수분을 보내는 것부터 시작해봅니다. 다음 날 이 과정을 한 번 더 반복하고, 집 앞 길에 나갔다가 바로 다시 집으로 돌아오는 연습을 합니다. 집에 와서는 반드시 보상으로 사료나 간식을 조금 제공합니다. 이후에는 한 블록을 돌아보고, 좀 적응이 되면 20~30분 정도 주변을 돕니다. 이 과정은 며칠, 또는 몇 주가 걸릴 수도 있습니다. 신경이 예민해진 강아지를 조금씩 더 강한 자극에 노출하는 것이고, 강아지들의 불안감은 강제하거나 협의한다고 해서 좋아지는 것이 아니므로 점진적인 자세가 필요합니다.

이러한 방법으로도 잘 되지 않는다면 아로마를 사용해보거나 동물병원에서 항구토제와 항불안제 또는 멀미에 도움이 되는 약을 처방받아 여행 전날 저녁에 한 번, 출발 2시간 전에 한 번 먹이는 방법을 써볼 수 있습니다.

멍멍이와 잠

홍구는 마감도 없는 게 매일 잠을 참는다.

꾸벅… 꾸벅…

야! 뭐 한다고 잠을 참냐. 그냥 자! 편하게 자!

홍구 왜 이런대요?

흔들 흔들

눈을 뒤집어가면서도 절대 눕지 않는 것이다.

나 빼고 산책 가지 마시개…

간식도 나 빼고 먹지 마시개…

쓰담 쓰담

아무것도 안 한다~ 누나 일할 거다 자라~

이것과는 반대로 재구는
뭔가 하기 싫을 때
자는 척을 한다.

재구야
산책 가자!

붕 붕!

오예!

짤랑

……

왜 산책을 욕실로 가시개?

아냐, 착각이야.
일단 와봐.

급 졸려지개…

목욕한대!
튀시개!!!

잠을 참을 수가
없개…

이럴 때만
눈치 빠르죠?

도른이개

야! 왜 자는 척하냐!
일어나! 일어나 홍재구!

흔들

흔들

절대 눈 안 뜬다

강아지들은 감정이 온전하게 다
드러난다는 점이 굉장히 사랑스러운데

간식 좋아.

목욕 싫어.

산책 개좋아.

그 점은 꿈을 꿀 때도
그대로 적용된다.

홍홍구, 꿈으로
들어가는 중…

꿈 불러오는 중…

덜덜덜덜
눈꺼풀 진동!

여보야, 홍구
꿈꾼다. 이거 봐봐.
홍구 걷고 있어.

오오, 달린다
달린다!

휘적

휘적

119

뭐 찾았나 봐.

코가 사방으로 움직여. ㅋㅋㅋ

냠냠…

쩝쩝쩝…

먹는다! 이놈 째끼 또 뭐 주워 먹네.

으르르릉…

홍재구가 뺏어 먹나 봐!

ㅋㅋㅋㅋㅋㅋㅋㅋ

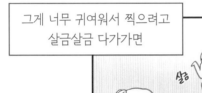

그게 너무 귀여워서 찍으려고 살금살금 다가가면

살금

살금

기척을 숨기지 못하는 애송이군.

벌떡

젠장~

재구는 꿈꾸면서 자주 우는데

끙…! 끙…!!

월월월…!

재구야?

헤에~ 깼다.
흐흐흐

재구
나쁜 꿈 꿨나?

깨워주면 빵긋 웃는다.

꿈꾸다 일어난 재구.

+ 홍구가 잠을 참지 않는
순간도 있다.

삐빅!

저, 저 한심한 색기
또 겜하네…

또 한참
안 일어나겠군.

개꿀잠…

누나
홍구 잘 자라고
게임했어.

??

개 같네…

후보 2번 닭가슴살 고구마 볼

필요한 재료

닭가슴살
고구마
황태가루

1. 냄비를 두 개 준비합니다.

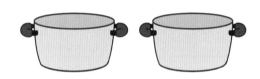

2. 한쪽에서는
   닭가슴살을 삶고

3. 한쪽에서는
   고구마를 쪄줍니다.

4. 닭가슴살과 고구마가
   잘 익었다면
   둘 다 한 김 식힌 뒤

5. 닭가슴살은
   결대로 찢고

6. 고구마는 껍질을 벗겨 으깹니다.

7. 닭가슴살과 으깬 고구마를 잘 버무려줍니다.

8. 동그란 모양으로 빚어주세요.

9. 예쁘게 빚어진 닭가슴살 고구마 볼을 황태가루 위에 굴려줍니다.

10. 완성!

시골 산책과 도시 산책

구들은 경기도에서
패셔니스타였다.

그 이유는 구들의
큰 덩치 때문으로

125

도시에서 유난히
관종 폭발이었던 구들은

하굣길에서
쓰다듬무한 받기!

귀여운 패션으로 다행히
많은 관심을 받을 수 있었다.

그런 구들의 관종 성향 덕분에
『노곤하개』출판 사인회에도 가서
많은 독자분과 인사를 하곤 했는데

음…
이게 교육적으로
괜찮은 걸까?

곰곰..

스트레스
받으려나?

훈련소에 문의해본 결과
구들 같은 성향의 강아지에게는

냄새 맡을 시간을 주고
조심히 쓰다듬어주세요.

사람이 많고 통제된 곳에서
좋은 관심을 많이 받고

그곳에서 간식도 먹고
많은 사람 사이에서 잠도 자는 것이

여깄는 사람들
다 나 좋아하개.

안심하고
잠도 잘 수 있개!

냥냥

더 안정적인 강아지가 되기 위한
아주 좋은 교육이 된다고 한다!

그런데 제주도로
이사 오고 나서부턴

허

……?

엥

마음만 먹는다면
하루 산책 중

난 좋은뎅.

아무도…
없개!

어떤 사람도 마주치지 않을 수 있는
코스를 짤 수도 있다.

그래서 그런지 집사와 구들은
꼬질화가 진행되는 중인데

오! 여보 머리
쏘닉 ㅋㅋㅋㅋ

난 외출복인데
여보는 잠옷임.

구들의 정수리에서는
미역과 바다의 짠내가
나기 시작했다

이렇게 사람이 적은 동네에서도
마주칠 수 있는 것이 있었으니…!

훡!

훡!

훡!

바로 수많은 동물들이다!
어딜 가든 볼 수 있는
고양이들과

음매…

대체로
인싸다

간간이 보이는 말과 소,

농로를 걸어 다닐 때
만날 수 있는

뱀 무서워!!!!

매미 형아를
데려오시개!

땃쥐

족제비

뱀

꿩

바닷가 근처에서
자주 만나는

백로

박쥐

오리

돌고래

물고기

삑삑 삑- 삑삑!

구들은 이렇게 동물들을
보고 신나 하지만

콩콩

가끔씩 육지의 그리운
냄새가 기억이 나는 걸까

외지인이다!
인사해주시개!

캐리어를 끌고 다니는 사람을 보면
항상 인사하고 싶어 한다.

왜 쳐다보지.

빠아안~

…???

적당히 해.
부담스러워
하시잖아…

안 해주면 계속 쳐다봄

129

나를…
만져…

휘적
휘적

결국 만져짐

인사해달라는
거였어?

그쪽도 내 냄새
맡아보시개.

여러모로
대단한 관종이다.

그리고 제주도의 동물들이
우리 집에도 찾아오기 시작했으니!

헉!

뭐야…
가주라…

헉!

헉!

제주도의 동물들

…?!

고양이들이 지루하지 않게
고양이 마당 밖으로 곡식을 뿌려서

찾아온 새들을 고양이들이
구경할 수 있게 해놨었는데

여기가 고양이
티브이인가요?

그걸 먹기 위해 꿩이
우리 집에 찾아왔었나 보다.
(실제로 먹었는지는 모르겠다)

육중하고
귀여워!

어느 날은 제비들이
자꾸 날아다닌다 했더니

깨깨객 깨깨깨깨객
(너를 부숴버리겠다)

애애앵
애애애앵애-

우리 집에 집을
짓기 시작했다.

집은 순식간에 지어져서
귀여운 아기 제비들도 태어났는데

와~ 여보야,
지거 봐요. 너무
귀엽다.

제비들은 무럭무럭 커서는

집 안에 출몰하는 동물들도 있다.

으악 소름…!

작업하고 있는데 발밑에서 이상한 느낌이 나서 보면

꽂게~!

뭐야, 저리 가요;

다리에 털이 나 있다

여름에는 반딧불이가 미친 듯이 출몰하곤 하는데

와, 진짜 어디서 들어오는 건지 감도 안 잡히네.

밖에 놔주고 싶은데 너무 느리고 밍칭해시

???

냥펀치!

자꾸 고양이들에게 희생당한다.

그러던 중 어느 날
고양이 마당 틈새를 통해

참새 두 마리가
집에 들어왔는데

줍욘이가 그렇게까지
흥분하는 모습은 처음 봤다.

* 매미 없던 시절

하지만 그 문은

닫으면 안에서 자동으로
잠기는 문이었던 것이다.

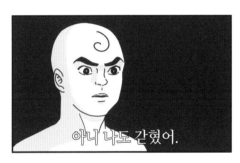

* 나중에 종구 님이 꺼내줬습니다.
(참새도 꺼내줌)

멍멍이와 탐색

구들은 뭔가 탐색하고 발견하는 걸 좋아한다.

오늘은 뭘 찾아볼까요.

콩콩

콩콩콩

풀숲 사이사이에서 평소에는 절대 먹지도 않을

뼈다귀와 튀김, 삼각김밥 등을 열심히 찾아서

안 먹는 척한다.

우울...

우울...

어, 표정 봐라. 눈빛이 이상한데?

너 혼자 뭐 먹개?

주워 먹는 거 없음
그냥 풀 뜯어 먹는 중

짭짭짭짜

뭐가 주워 먹는 중

우물…

(안 씹는 척하지만
입안에서 살살 씹고 있다)

수업 시간에 선생님 몰래

오도독…

오도독… 오독
오도독…

알지만
봐준다.

과자를 입안에서
녹여 먹던 느낌이랄까.

평소에 내가 열심히 만들어주는
건조 간식은 입에도 안 대는데

맛없개!

으~

여보야 봐라. 이거
구들이 먹게 해본다.

그게 돼요?

탁탁탁

뒤적…

뒤적…

몰래 숨겨놓기

그렇게 산책을 나가면
자기가 찾은 건 줄 알고

응. 아까 니가
싫다고 한 거~

우물...

우물 우물...

신나서 안 먹는 척하면서
열심히 먹는다.

그렇게 하고 집에 오면

주세요~
해봐.

아… 저거…
먹어봤는데
맛있었개…

편식 고치기 성공!

재구는 아무거나
잘 주워 오기도 한다.

꺄악

……

자주 가는 공원 근처에는
테니스장이 있어 공들이
구석구석 버려져 있는데

재구야, 그거
소리도 안 나고
엄청 낡은 거잖아.

히야아!

삐빅 삑

누나가 장난감
챙겨 왔는데?

이게 제일 좋개.

재구, 테니스공 좋아했구나…

몰랐네…

집사는 재구가 테니스공을 좋아하는 줄 알고 잔뜩 사줬다가

뭐… 어쩌라개…

쓸모없는 물건이 1 늘었다.

너 어제까지 이거 좋다고 하지 않았냐.

강아지들이 많이 오는 곳에서 산책을 하다 보면

아니, 물고 다닐 정도로 좋아?

으~

다른 강아지들이 두고 간 고장난 장난감도 많이 보이는데

141

그걸 집까지 가져가서
자기 자리 옆에 조심히 놓는 걸 보면

너무 귀엽다…

애틋…

왜 저러개…

가끔은 아끼던 장난감을
산책 갈 때 물고 나가서

재구야, 그냥
집에 두고 가지?

귀엽네…

싫개!
가져갈 거개!

맘에 드는 장소에
숨겨두고 오기도 한다.

장난감
어디 갔어!!

히히. 좋아하는 곳에
숨겨놓고 왔개.

히히
숨겨야지.

다람쥐냐구…

아무도 찾아오지 않은 도토리는
도토리나무가 되었습니다.

어느 날은 동네 친구인 해피가 놀러 왔는데

구들과 신나게 놀다가

눈치

해피, 이제 집에 갈까?

재구 장난감을 재빨리 들고 날라버렸다.

ㅋㅋㅋ ㅋㅋㅋ ㅋㅋ

?

해피는 아직까지 그 장난감을 소중하게 가지고 놀고 있다.

잘 훔쳤네!

다음에 또 훔쳐 가 해피야.

재구의 장난감 사랑.

고양이와 놀이 (1)

고양이에게는 수직 공간이
굉장히 중요하다고 한다.

우리 집 고양이 세 마리를
행복하게 해주기 위해

고양이들이 일광욕하는 창문마다
캣타워를 늘려주기로 한 것이다.

오우, 벌써
언박싱 중인가.

헉! 죄송.

악

멍들어가면서
열심히 만들었더니

???

오… 해탈했네.

내가 하는 것이 무슨 의미가 있는가.

이게 상자다.

고로로록고로로로록고로고로록

고양이들은 참 이상하다. 재미있는 기능이 담긴 비싼 장난감을 주면

찍찍 찍!

툭

성의 표시 좀…

대충 사탕 껍데기 던져주면

사!

탕!

껍!

데!

기!

고양이들이 가장 기대하는 시간은
택배 상자를 여는 시간으로

포장 비닐과 박스를 선점하기 위해
엄청난 노력을 들인다.

가라~

드득
드득드득
드득
드득
드득

매옹~

내용물을 궁금해하는 건
당연히 아니고

내가 먼저다냥!

꿈실

나는 내용물이 좋개.
어서 내 입으로.

비닐과 상자를 엮어
놀이터를 만들어주면

우다다다

우다다다다닷

그날은 행복 데이가
되는 것이다.

비싼 거…
써주라…

가성비캣

고양이들이 하도
그러다 보니

와… 이거
엄청 잘 노네.

우리 냥이들도
사주고 싶다.

근데 막상 사면
포장지 쪼가리만
가지고 놀겠지…?

그렇지만 영상 속
쟤들은 잘 노는데…?

한 번만
사볼까…?

곰 곰…

그렇게 새 장난감을 사봤는데

와! 이거 정말
재밌습니다뇬!

이게 도대체
무엇이다냥!

가격표란 거
너무 재밌습니다뇬!

그딴 거 가지고
놀지 말아주라…!

이럴 거면 쇼핑 같이 해주라고…

토닥…

타다닥

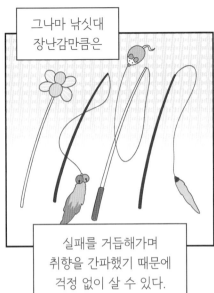

그나마 낚싯대 장난감만큼은

실패를 거듭해가며 취향을 간파했기 때문에 걱정 없이 살 수 있다.

요두는 플라스틱 비닐 소리가 나는 곤충 모양을 좋아하고

왜앵~앵!

타닥

타닥

왱앵애!

줍줍이는 털이나 깃털이 달렸는데 방울 소리가 나는 것

야아, 이건 장난감 아니라고.

크르릉!

매미는 단순한 끈 형태를 좋아한다.

스네이크류 낚싯대는
고양이들에게 별로 호불호가
갈리지 않는 편인 것 같다.

이렇게 취향에 맞춰서
산다고 해도

같은 장난감으로만
놀아줘서는 안 되는 것이다.

그리고 낚시 놀이에 임하는
자세도 진심이어야 했으니…

고양이와 놀이 (2)

고양이 낚시 놀이에
진심으로 임하는 방법은
정말 간단하다.

앉아서

누워서

대충~

고양이들은 집사가
대충인지 진심인지

고작 그 정도로
제 점프를 바라는
겁니까욘.

장난하냥…

훅!

완벽하게 새와 벌레에 빙의해
낚시 놀이에 임하는 방법을 알아보자.

낚시 무빙 3초만 봐도 안다.

1. 자세를 낮춘다.

2. 손은 가슴 정도의
위치에서 뻗고

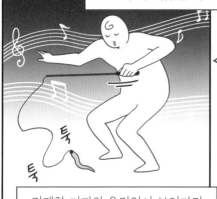

손목을 이용하여 낚싯대를
툭 툭 쳐냈을 때

경쾌한 미끼의 움직임이 보인다면
진심 낚시의 준비가 마쳐진 것이다.

좋아,
덤벼라!

애애애애
애애애애앵!

와꺅꺅꺅까꺅
꺅꺅꺅까까

매미는
눈빛으로
말한다

처음에는 미끼로
바닥을 살살 쓸며
돌아다녀줘야 한다.

뭐야 뭐야.
뭔데.

그럼 몬스터 어그로 끌리듯이
고양이들이 정신을 놓고
미끼 앞으로 끌려올 것이다.

고양이들이 미끼에 집중했다면
지그재그로 빠르게 움직이며

벌레에 빙의한 파들파들 연기!

속도가 느려질 때마다
적당히 손을 떨어주면 된다.

고양이들의 소중한
자신감을 위해 중간중간
한 번씩 잡혀주도록 하자.

이거밖에
못하냥?

봐준 거다…

한 번 잡히고 난 다음,
여기부터가 정말 중요하다.

내 공격이
먹혔군요!

훗!

잡혔으니 사냥감이
다쳤을 것이 아닌가.

메소드 연기가
필요한 부분인 것이다.

고양이들의 공격을 살살 피하며
덜덜덜 떨어주는 게 포인트.

지형지물을 이용해 구석
어딘가에 숨어주는 것이다.

미끼가 숨어 있는 걸
포착한 고양이는 궁둥이
씰룩씰룩을 준비한다.

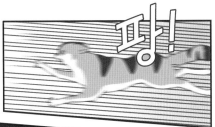

피하면서 잡히기 직전에
낚싯대를 휙
위로 들어 올리면!

점프 높이 시키면
집사로서 왠지 뿌듯해짐.

나만 아는
감정이

아닐
것이다.

오… 내가 놀아줄 땐
점프 안 하던데.

이것도 다~아
스킬이 필요합니다.

여보가 많이
하면 되겠다.

?

이렇게 끝일 것 같지만
고양이는 이 정도로 지치지 않는다.

헉 헉 헉

헉

헉

이게 홈트가 아니면
뭐냐 도대체.

ㄱㄹㄹㄹ…

ㄱㄹㄹㄹ…

20분간 열심히
놀아주도록 하자.

고양이들과 충분히 놀아줬다면

안 숨기면…
또 놀아줘야 돼…

벌써
끝인가요?

낚싯대를 보이지 않는 곳으로
재빨리 숨겨줘야 한다.

오… 이제 또 바로
구들 산책 가야 하고

마당 치우고

다시 고양이들
놀아주고…

다시 또
산책 가야 하네.

이런 것들로
미루어 보았을 때

어둠의 반려동물 협회에서
멍냥이들에게 집사 오래 부려먹기를
가르치는 게 틀림없다.

오래 빨아먹으려면!!
운동을 시켜야 합니다냥!

운동으로
집사수명 늘리자!

별명은 여러 개

우리 집 멍냥이들은 별명이 많다.

별명은

여러개~

우선 별명 부자 줍줍이의 별명부터 말해보자면…

휘이

잉!

춥춥…

춥…!

추우면 춥춥이

야, 춥다면서 왜 나가.

꽁…

으이구, 젤리 다 얼었네.

벌벌 떨면서 굳이 마당 가서
꽁꽁 얼어 오면 꽁꽁이

꽁꽁아 추우니까 여기 들어가서 앉아.

꽁… 꽁꽁…

좁은 곳에 끼어 들어가면 좁좁이

……

고로록고로록고록…

아니… 들어가서 앉으라고…

이젠 따뜻하다냥.

삑삐?

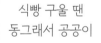

식빵 구울 땐 동그래서 공공이

보통 식빵 모양

좁좁이 식빵 모양

밀룩

밀룩

우다다

다다다!

우다다하다가
털이 서면 뚭뚭이

자다 일어나면 붑붑이

한 음절을 연달아 두 번 말하면
자기를 부른다는 것을 알고 있다

욘두는 별로 이름 그대로
불리지 않는다.

말랑구는 아기 때
말랑 통통한 비주얼 때문에

말랑이라는 이름을
가지게 되었지만

지금은 딱딱구.

하지만 볼살만큼은
말랑 찰떡구다.

평소에는 말랑롱이라고 부른다.
왜냐하면 입에 착 붙기 때문.

홍구의 별명은

그리고 [와~ 잘생겼다].

잘생겼다고 하면 다
자기 부른 건 줄 안다.

너… 사람이었으면
자의식 과잉인 부분이다.

사실인 것을
어쩌겠개.

재구의 별명은

잭잭구

짹짹이

구렁이

삑삑구

재구야!

뚜웅~

라고 부르면
오지 않지만

대충 구석에서
삑삑 하고 울면

삑삑 삑-!

삑삑!
무슨 일이게!

ㅋㅋㅋ

ㅋㅋㅋ
ㅋㅋ

허겁지겁 달려온다.

집사는 왜 그러는 걸까?

이렇게까지 나오는 대로 막 부르는 이유가 뭔가요?

홍 끼 | 멍냥집사

이름도 나오는 대로 막 지은 건데…

멍냥이와 만화적 표현 (1)

실제의 재구 홍구가

만화 속에서는
이런 모습으로 표현되듯이

『노곤하개』에는 현실과는 다른
다양한 만화적 표현이 존재한다.

사각

사각

뇨오옹~

매미가 낚시 놀이를 할 때

만화 속에서는
이렇게 표현되곤 하지만

실제의 매미는 목이 돌아간다.

끼긱 긱⋯ 끼긱⋯ 끼기긱⋯

목이 돌아가는 각도가
격해짐에 따라 동공이 확장되며

최대로 목이 돌아가면 그제야
사냥감에게 달려드는 것이다.

집사는 매미가 어릴 때
목을 돌리는 포즈를 취하면

살려줘.

끼기긱

삐긱

끼긱

의자로 올라가거나
이불을 덮어쓰곤 했다.

만화 안에서 매미의 울음소리는
주로 이렇게 표현되는데

매옹~

평소의 울음소리는
옥구슬이 따로 없다.

표정과 대비되는 예쁜 목소리…!

앙↗

옹↗

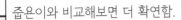

줍욘이와 비교해보면 더 확연함.

얾 옹
얾깎꽁

왜애애애애앵
애애앵애애앵
왜오오오오옹~~

앙↗

줍욘이의 기분 좋은 상태는
보통 이렇게 표현되지만

얙꼄!

애애앵~

실제는 이렇다.

게슴

츠레

눈이 뒤집어진다면

골골골!

골골골!

기분이 최고 좋다!!
라고 할 수 있겠다.

이게 만화에서 보통 표현되는
고양이의 자는 모습이지만

포로롱…

실제는 더 이상함.

수정테이프
모양으로 자기
→

죽은 것처럼
자기

응꼬에
코 박고 자기
→

거북목
유발 자세
←

만화 안에서는 화내는 고양이를
이렇게 표현하곤 하지만

캬아

실제로는 하품이다.

실제의 화난 고양이는
눈이 똘망똘망해진다.

눈으로 보는 고양이 상태

널 죽인다

아주 평온함

(만화와는 정반대)

귀여운 표정의 고양이가
당신에게 눈을 맞추며 다가온다면
조심하도록 하자.

뭐야
귀여워…

그리고 강아지들은 만화와 현실에
어떤 차이점이 존재할까?

수정테이프 모양으로 자기.

멍냥이와 만화적 표현 (2)

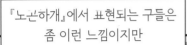

『노곤하개』에서 표현되는 구들은
좀 이런 느낌이지만

사실 구들은 굉장히
뽀짝한 스타일이다!

비슷한 크기의 진도나
허스키의 비율이 이렇다면

그래서 아직 어린 강아지라는
오해를 많이 받는다.

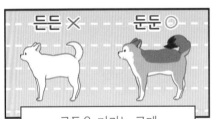

구들은 머리는 큰데
다리는 짧고 주둥이도 짧은 편!

실제로는 이렇게 잔다.

어… 말랑구… 어깨… 빠진 거 아니겠지?

기다랗게 자기도 함.

말랑구 그거 닮았다.

뭔데용?

자벌레.

맛있는 게 눈앞에 있는 강아지의 모습은

쥬륵~

어우, 침 봐라;

만화에서 이렇게 표현되곤 하지만

실제

어우;; 어우 어우;;

줄게 줄게. 빨리 먹어;

재구의 꼬리 흔들기는
만화에서 이렇게 묘사되는데

홍구는 꼬리를 더 흔들고 싶은데
엉덩이가 움직여버림

실제는 거의
날아갈 기세다.

여보야,
여기 얼굴 대봐.
선풍기 ㅎ

응~
똥꼬 냄새.

?

훈훈...

구들의 애교가 만화에서
이 정도로 표현된다면

실제로는 더 거칠다.

포옥 X

억

푹 ◯

자기가 크다는 걸 알지만 애교 부리고 싶은 마음은 어쩔 수 없는 것 같다.

어떻게든 무릎 위에 안겨보겠다는 포즈

표정이 단조로워서 만화에서 조금 오버스럽게 표현이 되는 고양이들에 비해

강아지들은 표정이 너무 오버스러워서 오히려 단조롭게 표현되곤 한다.

시무룩 한 번을 해도

재구 왜 저렇게 심하게 시무룩해요?

호박고구마인 줄 알고 먹었는데 밤고구마라서 그랬나?

이렇게 신난 표정들도

실제로는 눈도 좀 뒤집어줘야
진짜 신났다고 할 수 있겠다.

어우, 애들
심하게 싸우는 거
아니에요?

크르릉

크릉

킁!

이 정도 소리는 나와줘야
정말 신나게 놀고 있는 것.

째릿

진짜 싸울 땐
눈빛으로 말한다.

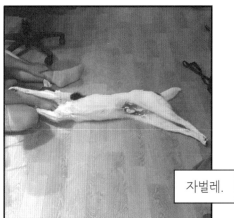

자벌레.

후보 3번 닭가슴살 야채 스틱

필요한 재료

닭가슴살
달걀 노른자
밤호박
당근

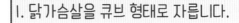
1. 닭가슴살을 큐브 형태로 자릅니다.

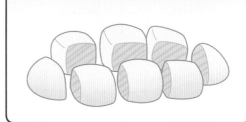

2. 자른 닭가슴살을
   믹서기에 조금씩 넣어
   완전히 갈아줍니다.

한 번에 다 넣으면
뭉쳐서 잘 갈리지 않아요.

3. 당근과 밤호박은
   깨끗하게 씻어 다져줍니다.

4. 세 가지 재료를 잘 버무립니다.
   (강아지가 먹어도 되는 야채는
   뭐든 추가해도 좋아요)

5. 오븐 팬에 종이 포일을 깔고
   식용유를 아주 조금
   발라주세요.

6. 버무린 재료를 스틱 모양으로 만들어
   종이 포일 위에 올려 줍니다.

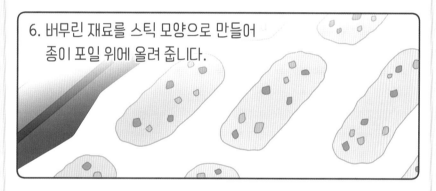

7. 완성된 스틱에 달걀 노른자를
   발라줍니다.

8. 오븐에 넣어 충분히 구워주고

9. 차갑게 식히면 완성!

건조 모드로 살짝 건조하면
더 쫄깃한 간식이 돼요.

10. 구들에게 먹입니다.

구들아
간식 먹자!

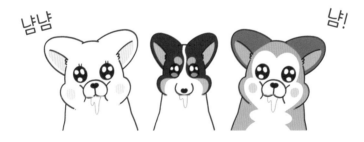

냠냠

냠!

과연 어워드 결과는?!
212쪽에서 확인해보시개!

 줌줌이와 소파

반려동물이 있는 집은 가구를 하나 들일 때도 심사숙고해야 한다.

이런 일과

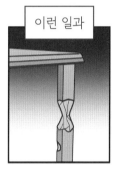

이런 일이

벌어질 수 있기 때문인데…

소파 침대 사고 싶어.

여보는 소파 사면 대형 스크래처 될 거 알면서 그래용…

사~고~싶~다~!

인조가죽 재질 리클라이너는
줍용이가 안 긁었어!

인조가죽으로
사면 돼요!

그거 어저께 매미가
신나게 긁던데?

그치만 다 같이 함께 누워서
티브이 보고 싶단 말입니다…

음… 다른 방법이
없을까용?

침울

그래서 나온 결론은

최대한 긁지 않을 것 같은
재질을 고른 뒤

소파 커버나 패브릭을 씌워서 소파를
꼼꼼하게 감싸버리는 것이었다!

180

뭐… 그래도 뜯긴 하겠지만 패브릭을 한 번씩 새걸로 갈아주면 새 소파 같고 좋지 않겠나…

우리 여보가 참 긍정적이네…

그렇게 소파는 도착했고

절레..

훙줍줍!!!!! 저리 가주라 제발.

뚝뚝 뚝

뚝뚝 뚝

무려 조립하는 도중부터 스크래처로 사용됐다.

그런데 줍줍이는 이 과정에서

파직

저쓰

파지직

뭔가 짜릿함을 느껴버린 모양이다.

집사가 소파에 앉아 있으면 몰래 뒤로 접근해서

야! 홍줍줍!

ㅋㅋㅋ ㅋㅋㅋㅋ ㅋㅋㅋㅋ!

호통치면 되게 신난 표정으로 도망간다.

그리고 이걸 끊임없이 반복하는 것이다.

살금

굵굵

심심한데

ㅋㅋㅋ 신난다

너… 나를 놀리는 게 재밌는 거냐.

ㄱ오오오오

끄덕…!

평소에도 줍줍이는 고양이들 중
제일가는 장난꾸러기이기 때문에

우다다다다닷

몰래 뒤따라가서 엉덩이
때리고 도망가기

음··· 역시
무반응이
답인가.

깨달음!

수욱

탁 타닥
타닥
탁 타닥 탁

무반응···

···? 뭐야,
리액션 뭐야.

줍줍이는 그 후로는 별로
소파 긁기에 흥미를 느끼지 않았다.

리액션 없으니까
재미없다냥…

시무룩

왜요옹?

그리고 소파는 재구 빼고
모두가 사랑하는 공간이 돼서
티브이 보려고 남편과 함께 앉으면

여보 일로 와!

다들 따라와서 눕는다.

뭔가 추운 날
옹기종기 모여서

오손

도손

난 덤개;

매미가 좋아하는
다큐멘터리를 보고 있자면

이게 진짜 행복이지
라는 기분!

그리고 소파 밑은 고양이들의
새로운 아지트가 되어버렸다.

안광—빔!

어우
깜짝이야;

멍냥이와 같이 자기

요즈음은 날이 추워서인지 잘 때
고양이들이 자꾸 곁으로 온다.

꽁…

앙

우리 고양이들,
같이 자려고 왔어?

줍줍이는 항상
내 얼굴 근처로 와서

콩…

이불을 열어달라고
머리로 툭툭
치고는 하는데

스윽

자, 들어와.

막상 열면 들어갈지 말지
고민만 5분쯤 한다.

갈까… 말까…

방구 안 뀌었으니까
그냥 빨리 들어와주라.
팔 아프다.

그렇게 고민해가며
결국 고른 자리는
집사의 발바닥 밑!

줍줍이의 털은 엄청
보송하고 부드러워서

발에 닿으면 엄청 간지럽다.

으악!!!
간지러!!!

벅벅

벅

꾸우웅우웅우우…

발 치워서
화남

그렇게 줍줍이를 피해
발을 다른 곳에 놓으면

슈욱

줍줍이가 다시 찾아온다.

벅벅벅
벅
벅
벅

간지럽다고…

187

자꾸 발이 움직여서
기분이 나빠진 줍줍이는

응웡웡웡웡… 꽁…웅웅…

앞발로 잡고
머리 박기!

으아앙악아앙악

꼬

옥!

너무 귀엽고
너무 괴롭다.

매미는 엄마 아빠와 함께 살 땐
항상 겨드랑이 밑에서 잠을 자곤 했는데

똑똑~

들어와라~

골골골

잠버릇이 심한 지금의 집사를
도저히 참을 수 없는 듯하다.

아야아야야야야!!!

발톱으로 누르기

결국 고른 자리는
집사의 다리 사이!

Z z z

휙!

앙!

휙!

하지만 집사의 잠버릇은
정말 호락호락하지 않다.

깜

빡

어…?

어?

내가 매미 차버렸나…?
맴아 미안해…

다시 와. 자리
만들어줄게.

진짜

미안

가겠냐옹.

여기도 따뜻합니다.
노여움을 푸시옵소서…

그래서 집사는 항상 소파에
전기장판을 틀어놓는다.

그래도 줍이는 집사와 같이
자기를 포기하지 않았는지

…?

타다닥

잠결에 한 번씩 눈을 떠보면

화를 내면서 침대 밑으로
내려가는 줍줍이가 보인다.

어, 줍아…
미안해…

우웅웅우웅… 꽥!

씩

씩

그냥 이제는
날 포기해주라…

홍구와 말랑구도
집사와 같이 자곤 한다.

혼자서도 충분히 덥개.

재구는 자는데 옆에 누가 붙는 거 싫어함

말랑구는 집사와 잘 자다가도 자꾸 더 괜찮은 자리를 찾곤 하는데

허으…! 윽!

푹
푹

작은 발로 누르니까 더 아프다

말랑구, 누나 계속 밟을 거면 다른 데 가서 자라.

죄송 흐흐

붕 붕

홍구는

음… 여기에 누울 것이개.

ㅇㅇㅇ!

왜 다 나한테만 오냐…

머리가 너무 크고 무거워서
다리에 쥐가 난다.

아아아아아아아

누나가 그냥
소파 가서 잘게…

추 욱

뭐야.
저리 가라냥.

욘두는 요즘
숨숨집이 더 좋다.

삑삑구와 물고기 잡기

물고기를 너무너무
좋아하는 삑삑구를 위해

삑- 삐익!

물고기를 가까이서 보고
쫓을 수 있는 곳에
데려가주기로 했다.

마을 해수욕장에는
원담이라는 곳이 있는데

밀물 때 담 안으로
들어온 물고기가

썰물 때 돌담 안에
갇히게 함으로써

원담은 제주도의 전통적인 어업으로
해안에 돌로 담을 쌓아놓고

그 안에서 살아 있는 물고기를 쉽게 잡을 수 있게 하는 것이다.

그래서 재구를 종종 원담으로 데려갔었는데

삥… 힝…

재구 데려올 때마다 이상하게 물때가 안 맞네.

하지만 남편이랑 단둘이 놀러 올 때는 날씨도 좋고 물때도 잘 맞아서

재구만 데려오면 비가 온다.

쏴아아

삥!!!!! 힝!!!!!

오 여보야! 이것 좀 봐요! 날치가 원담 안에 갇혔어!!

얕은 물이라 옷을 사용해서
쉽게 잡았다.

진짜 예쁘다
그치?

날개가 진짜
엄청 예쁘네요.

날치는 원담 너머의
깊은 물에 다시 풀어줬다.

날아가는 거
보여줬으면 좋겠다.

글게요. 한번
보고 싶은데.

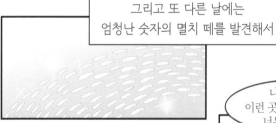

그리고 또 다른 날에는
엄청난 숫자의 멸치 떼를 발견해서

반짝   반짝

남편과 함께 한참을
구경하고 놀았다.

나는 여보랑
이런 곳에 살 수 있어서
너무 행복해요.

이사 오기 전에는
별로일 것 같다더니.

지금은 도대체 왜 그런 생각을
했나 싶을 정도로 좋아요.

나는…?

삑구 물고기
쫓게 해준다고 온 건데
우리만 열심히 놀았네;

잊혀진
삑삑구

아, 맞네.

어디 삑삑구
데려갈 만한 곳
없을까요?

음…

그래서 이곳저곳 찾아보다가
양어장이 있는 근처
바닷가에 가보기로 했는데

삑구가 좋아하는 숭어가
가득 있던 것이다!

와, 삑구
계 탔다.

삑!!!!!!!!!!!!!
삑!!!!!!!!!!!!!!!!

뼉구는 한참 동안을
숭어 떼와 함께 수영했고

물 싫어하는 홍재구가
수영하는 걸 다 보네…

첨벙
첨벙

말랑구 넌
저런 거 하지 말개.

(물론 잡지는 못했다)

수영이 끝나고 나서는
말랑구와 홍구와 함께

이거 보개!

발이 푹푹
들어가개!

갯벌에서 신나게 놀았다.

왈왈왈!!!
왈왉왈락!!!

여보, 구들 신나게
노는 모습 보니까
너무 좋지요?

응… 너무
행복하다…

폭삭…

구들은 집에 오자마자
욕실로 직행했다.

낑… 삐…

그렇지만 삑삑구에게는 그날이
정말 행복한 추억으로 남았나 보다.

삑삑구는 그 근처를
지나갈 때마다

혹시 또 가려나 하는 반짝거리는
눈빛으로 집사를 쳐다보게 되었다.

약 먹이기

반려동물 기르기에
불지옥 난이도가 있다면

그건 단연코
약 먹이기라고 할 수 있다.

구들아
간식 먹자~!

타 다 닷

나도 구들의 약 먹이기 때문에
이런저런 고생을 해왔지만

약을 치즈로 싸서
모르고 삼키게 하기

챱!

배신감

젠장!!!!

그렇지만 착한 구들은
삐져도 꼬리를 흔들어준다.

고맙다…

붕 붕 붕

포기하지 않고 맛이 강한
간식에 가루약을 섞어줘도

퉷♡

구들은 귀신같이
알아채고 안 먹는다.

먹성이 좋은 개들은
약을 떨어트리고

어멋!

안 돼!
먹으면 안 돼!!

툭

약이지롱.

냠냠 냠

ㅋㅋ ㅋㅋ

허겁지겁 줍는 척하면
얼른 삼킨다고 하지만

간식 하나도 허투루 씹는 법이 없는
구에게는 말도 안 되는 이야기다.

냠 냠 냠 냠 냠 냠

천천히 꼭꼭
씹어 먹기!

그렇지만 남편의 합류로
쉽게 약 먹이는 방법을 찾았으니

결혼해서
행복합니다.

약 먹이기는 2인 1조가 기본으로
한 명이 입을 벌리면

그래, 혼자 할 땐
이게 안 됐어!

쪽!

한 명이 약을
목구멍에 밀어 넣는다.

괜히 미안한 마음에 소심하게 하지 말고
손가락 끝에 알약을 올려서

목구멍을 살짝 눌러준다는 느낌으로
약을 밀어 넣으면 순식간에 삼킨다.

약이 목구멍에
걸릴 것 같다면

습식 간식을 살짝
묻혀서 먹여주자.

재구는 입이 커서
약 먹이기가 정말 쉬운데

쓱!

먹이고 나면 이런
표정으로 쳐다본다.

오오오잉?

아구 귀여워.
우리 재구
약 잘 먹었어요~

하지만 이 방법은 우리 집
고양이에게는 통하지 않는다.

하나가 풀리면 나머지 하나가
막히는 것이 인생의 진리!!

욘두는 평소에
순하고 냥청하지만

욘이가 제일
좋아하는 간식.

약이잖아욘!

가

악

이럴 때만큼은
극도로 예민해지기 때문에

슬쩍 잡고 가루약을 젤 형태의
영양제 등에 섞어 잇몸에 발라주면

푸다다다다다다닷

거품을 물어서라도 끝끝내
입안에 남은 약을 다 뱉어낸다.

부글

부글

깔끔하게 알약을
목구멍에 넣어주려고 하면

냐아아앙!
냐아아아악!!

이우 여보,
조심해요;;;

그러고서는 도망가서
숨어버리는 것이다.

욘아…
화 많이 났어?

으우웅…
뇨오옹…

웅꽁…

한참 동안
절대 나오지 않음

어쩌다 운이 좋아서
약 먹이는 걸 성공시켜도

와!! 됐다!!!!

바로 토해버리는
것이다.

그래서 욘두는
중성화수술을 하고

진통제를 먹어내지 못해서
주사를 맞으러 병원에 다녀왔다.

이럴 때만큼은
말이 통했으면 좋겠다.

너 이거 안 먹으면

빨리 죽는다.

시골 마을의 인싸냥

이사 온 동네에는
사교적인 고양이들이 많다.

정확한 이유는 모르겠지만

근처에 밭과 농작물 창고가 많고
고양이가 쥐를 쫓는 것에 도움이 돼서

어르신들이 고양이를 비교적
너그러운 시선으로 봐주시기 때문에
그런 것일 수도 있겠다.

그래서 길을 지나다니다 보면

만져라!

털!

써!

어머 엄멈머 뭐야 뭐야.

있어봐요.
사진 찍어줄게.

뭐야 뭐야 뭐야~

찌총총!

인싸냥들을 수시로
만날 수 있는 것이다!

왜애앵
애애애애앵!!!

이상한
포즈!

와 여보, 애 좀 봐.
만지는 거 멈추지 말라고
막 소리 질러.

너 진짜
예쁘다~

좋으면서도
슬픈 일인 것이다.

길고양이이지만
우리 집고양이보다
나를 더 좋아한다는 게

고로록...

나쁜 놈들...

길가에서 고양이를
한참 만지고 있었더니

근처에 앉아 있던 아저씨가
불편한 기색으로 쳐다보고 계셔서
자리를 피했는데

빠아안

앗 여보,
우리 이제 가요.

네 그래요.

빠아아 아아안

가지 마.

왜 자꾸
쳐다보시지.

갔나?

남편과 내가 멀리 갈 때까지
쳐다보시다가

길을 건너니까

그럼 이제
내 차례♥

고양이 만지려고
다음 차례 기다리신 거였음

어느 날은 길에서 길줍이를
만났는데 (줍줍이 닮은 길냥이)

주머니에 마침 간식이 있어
한 개 주고 만져주고 있었더니

길줍 안녕!

왜애액!
왜애앵앵액!
(빨리 만지라는 소리)

간식 먹을...

퉤

와, 입맛
비싸네.

술에 잔뜩 취한 할아버지가
옆에 오셔서는 말을 거셨다.

자네들 키우는
고양이인가?

아니요!
그냥 길에서 사는
고양이예요.

그럼 나한테도
와봐!

심드렁

할아버지는 한참
길줍이에게 말을 거시더니

왜 나한테는 안 오지?
이리 와봐!

시우욱~

왜 그럴까 참…

고양이들은 술 취한 사람을
별로 좋아하지 않는 것 같다.

떨어져 있던
간식

먹을 걸 안 줘서
안 오는 거였어…

먹을 게
있어야 해…

길줍아, 인사 좀
해드리지 그랬냐.

애애앵
애액!

혼잣말하면서
쓸쓸하게 떠나셨다.

또 어느 날은 구들과
산책 중이었는데

할머니~
안녕하세요.

안녕하시게.

잠깐 이리로
와보라!

집에 고양이도
기르나~?

네! 고양이는
집 안에서 길러요.

아이고! 개도 있는데
고양이도 길러!!

ㅎㅎㅎ

잠깐 여기
있어봐!

??

할머니는 그렇게 집에
잠깐 들어갔다 나오시더니

고양이 캔을 잔뜩
가져다주셨다.

아이고, 할머니.
고양이 캔이 왜 이렇게
많으시대?

이야기를 들어보니 할머니 집에 어린 고양이가 자꾸 와서 고양이에게 먹을 걸 주려고 했더니

왜옹

사람이 먹는 음식이 고양이에게 이롭지 않다는 얘기를 들은 게 생각이 나셨다고 한다.

그래서 사위에게 부탁해 고양이가 먹을 것들을 사 오라고 했는데

부릉...

얼마 안 가 고양이가 교통사고로 하늘나라로 가버렸던 것이다.

할머니께 감사하다고 인사드리고 집으로 가며 생각해보니

왜 이렇게들 처음 보는 고양이들이 나한테 친근하게 굴어주는지 알 수 있을 것 같았다.

구들이 가장 좋아했던 간식은?

1위 닭가슴살 야채 스틱 ★★★★★

구들이 허겁지겁 먹을 정도로 정말 맛있어했어요.
살짝 건조해 수분을 날려주니 씹는 맛도 생겨
더 좋아했습니다.

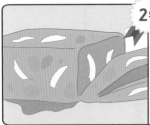

2위 강아지 단호박 케이크 ★★★☆☆

호박 부분은 티가 나게 싫어했지만
그래도 닭가슴살과 달걀 덕분에
맛있게 먹어줬어요.

3위 닭가슴살 고구마 볼 ★☆☆☆☆

왜인지 구들이 전혀 입에도 대지 않았어요.
황태도 고구마도 닭도 따로 먹으면
다 좋아하는 것들인데 말이죠. 아마도 고구마를
호박고구마가 아닌 밤고구마를 써서 그랬나 봐요.

**Q 왜 모든 간식에 닭가슴살이 들어가나요?
다른 부위는 안 될까요?**

강아지 간식을 만들 때는 지방이 적은 가슴살 부위가 좋아요.
가슴살이 없다면 안심도 적당하답니다. 지방이 많은 부위의
고기를 쓸 경우 설사를 하거나 탈이 날 수 있어요.

홍끼에게 묻는다!
77문 77답

1. 닉네임의 유래는?

'홍끼'라는 닉네임은 중학생 때 친구들이 제 성인 '홍'에 '끼'를 붙여 부르던 것에서 그대로 가져왔어요. 별다른 뜻은 없지만 어감이 좋아서 사용하고 있습니다.

2. 『노곤하개』에서 가장 그리기 쉬운 캐릭터는?

가장 그리기 쉬운 캐릭터는 홍구예요. 하얘서 색칠하기도 쉽답니다!

3. 『노곤하개』에서 가장 그리기 힘든 캐릭터는?

가장 그리기 어려운 캐릭터는 줍줍이예요. 무늬도 많고 동그란 눈 그리기가 정말 어려워요.

4. 그림을 그릴 때 주로 사용하는 프로그램은?

주 작업은 클립 스튜디오로 하고, 효과를

줄 때 포토샵을 조금 사용합니다.

5. 좋아하는 색은?

초록 계열 색을 좋아해요. 식물이 그려져 있는 것도 좋고 실제 식물들도 좋아합니다. 집을 초록색으로 꾸미고 싶어요.

6. 한 컷을 그릴 때 걸리는 시간은?

컷마다 소요 시간이 너무 달라서 한 컷만 짚어 말하기 어려운데요, 『노곤하개』는 한 화당 스토리부터 완성까지 평균적으로 2.5일이 걸립니다.

7. 지금까지 연재한 분량의 러프나 콘티를 아직도 간직하고 있는지?

러프나 콘티는 항상 완성하는 과정에서 지워버리는 편이에요. 가지고 있으면 좋았겠지만 파일 레이어가 어지럽게 되어 있는 걸 싫어서 자꾸 지워버리게 되네요.

8. 작업할 때는 작업에만 집중
   vs. 영상이나 음악이 없으면 심심!
뭔가 보면서 작업을 하면 효율이 떨어질 때가 많아요. 그래서 여유 시간이 많지 않은 이상 영상을 보며 하진 않구요, 대신에 저 스스로 퀘스트를 줍니다. 집중해서 3컷을 그리면 게임 한 판을 한다거나… 그때그때 퀘스트와 보상을 정해서 작업을 수행하는 편이에요.

9. 집중력을 끌어올리는 노하우가 있다면?
수행해야 하는 작업량과 보상을 명확하게 정해놓는다! 하지만 사실 보상이 없어도 마감에 임박하면 집중할 수밖에 없게 됩니다.

10. 인생 만화가 있다면?
재미있게 보는 것들은 많지만 굳이 이게 최고다!를 정해놓진 않아요. 만화를 보는 것도 공부이기 때문에 항상 다양하게 장르를 가리지 않고 많이 보고 생각하는 편입니다.

11. 인생 게임이 있다면?
게임도 물론 다양하게 하는 걸 좋아하지만

제일 감동을 줬던 게임은 「젤다: 야생의 숨결」인 것 같아요. 「갓 오브 워 4」와 「호라이즌 제로 던」, 「아이작의 번제」, 「슈퍼 마리오 오디세이」도 즐겁게 했습니다.

12. 즐겨 듣는 노래 장르는?
노래는 요즘 나오는 것들이든 펑크든 소울이든 팝이든 뭐든 가리지 않고 다 좋아해요! 요즘은 불러보고 싶은 노래들을 듣는 편이라 팝에 편중되어 있네요.

13. 요즘 빠져 있는 음식은?
파스타에 굉장히 빠져 있습니다. 사실 밖에서 사 먹는 파스타는 별로 좋아하지 않는데, 집에서 해 먹어보니 너무 간편하고 맛있더라구요. 좋아하는 야채들 가득 넣어서 소스를 잔뜩 끓여놨다가 면만 삶아서 먹고 있어요.

14. 만화 외에 전문가가 되고 싶다! 하는
   분야가 있다면?
아직 만화도 전문가가 되지는 못했기 때문에 전문가가 된다면 그때 다른 것도 생각해볼 수 있을 것 같아요.

15. 슬럼프에 빠진 적이 있다, 없다?
당연히 있습니다. 뭐든 늘고자 하면 슬럼프

는 오는 법이죠.

16. 슬럼프 해결 방법이 있다면?

해결 방법은 아니지만… 슬럼프는 늘고자 할 때 언제든 온다는 걸 알고 있어야겠죠. 당장 괴로울 순 있지만 그냥 계속 연습하고, 슬럼프가 끝나면 실력이 늘어 있을 거라는 걸 인지하고 있으면 잘 지나가는 듯합니다. 자기가 부족한 걸 인지할 수 있어야 실력이 늘어요. 슬럼프가 온다는 건 부족함을 인지한 거고, 곧 실력이 늘 수 있다는 거죠!

17. 좌우명이 있다면?

딱히 좌우명은 없습니다. 그냥 뭐든 해야 할 때 '그렇군, 해야겠군.' 하는 편이라 좌우명이 필요하지 않은 것 같아요.

18. 특이한 습관이 있다면?

특이하다기보다는 억지로 습관을 들여놓은 건데, 소재가 생각나면 바로 메모를 해요. 그래서 꿈에서도 계속해서 뭔가 쓰고 콘티를 짜고 있어요. 물론 꿈에서 깨면 내용도 엉망진창이고 기억도 잘 안 납니다. ㅎㅎ

19. 지금 이 순간 최대의 불만은?

새로 시도해보는 작업들이 많이 껴 있어서 작업 스케줄이 제대로 정리되지 않은 게

거슬립니다. ㅎㅎㅎㅎ 크게 별건 아니네요.

20. 지금 이 순간 가장 갖고 싶은 것은?

건강…?

21. 가장 기억에 남는 꿈이 있다면?

꿈을 정말 자주 꾸고 오래 꾸는 편인데요, 그중에서도 고래에 다리가 달려서 떼 지어 걸어가는 걸 구경하고 있던 꿈이 생각나네요.

22. 사진 찍을 때 자주 취하는 포즈는?

찍히는 걸 부끄러워하는 편이라 고개를 옆으로 돌립니다.

23. 이것만은 양보할 수 없다! 하는
라면 취향은?

파를 많이 넣는 걸 좋아해요!

24. 노래방에서 가장 즐겨 부르는
노래가 있다면?

윤미래의 「떠나지 마」

25. 지금 책상 위에 있는 물건은?

플스5와 타블렛, 에너지 드링크, 파스, 진통제

26. 가장 수영을 잘하는 가족은?(인간 포함)

재구.

27. 나만의 스트레스 관리법이 있다면?

그냥 '그렇군', '어쩔 수 없군'이라고 생각하며 문제를 해결하기 위한 계획을 짜요. 그저 감정적인 스트레스라면 예쁜 곳으로 산책을 갑니다.

28. 내 인생이 영화라면 어떤 장르가 좋은지?

「리틀 포레스트」 같은 편안한 시골살이 느낌의 드라마였으면 좋겠어요.

29. 절대 못 보는 장르의 작품이 있다면?

겁이 많아서 공포물을 못 봅니다. ㅜㅜ

30. 차기작으로 도전해보고 싶은 장르가 있다면?

차기작은 음식 관련 일상툰으로 정해졌지만, 그다음으로는 학교 폭력에 관한 만화를 짧게 해보고 싶어요.

31. 어렸을 적 꿈은?

애니멀 커뮤니케이터에 대한 책을 읽고 동물과 대화해보는 게 꿈이었어요!

32. 가장 듣기 싫은 소리는?

작업 내일까지 끝내주세요.

33. 가장 듣고 싶은 소리는?

살 빠졌다.

34. 가장 후회하는 소비는?

허리에 좋다는 비싼 의자를 샀는데 막상 앉아보니 맞지 않아서 쓰지 못했어요.

35. 기억에 남아 있는 가장 오래된 순간은?

아주 어릴 적 고모할머니와 대청마루에서 노각을 깎아 먹던 게 생각이 나요.

36. 평소 하루 루틴을 말해본다면?

일어나서 / 산책 / 필라테스 / 작업 / 헬스 / 산책 / 작업 / 산책

37. 홍끼의 MBTI는?

ISFJ와 INFJ입니다.

38. MBTI가 잘 맞는 것 같나요?

대체로 비슷하다고 생각해요!

39. 숨길 수 없는 직업병이 있다면?

드라마나 영화 보면서 다음 내용 유추하기.

40. 숨길 수 없는 집사병이 있다면?
지나가는 강아지의 건강 상태를 유심히 살펴보게 됩니다.

41. 못 먹는 음식이 있다면?
고수.

42. 10년 뒤 목표를 딱 하나 세운다면?
일을 좀 더 적게 하고 여유롭게 살기.

43. 학창 시절 가장 싫어했던 과목은?
수학(수포자였습니다).

44. 매미, 재구, 홍구, 줍줍이, 윤두, 말랑구의 잠버릇은?
매미와 말랑구는 자면서 저를 발톱으로 찔러요. 홍구는 잠꼬대가 심하고 재구와 윤두는 얌전하게 자는 편! 줍줍이는 손으로 얼굴을 감싸고 자요.

45. 가장 좋아하는 날씨는?
햇살이 따뜻하고 산들바람이 부는 날씨.

46. 식사는 영양만 채우면 돼!
   vs. 입이 즐겁지 않으면 먹을 이유가 없지!
맛있지 않다면 먹을 이유가 없어요.

47. 하루 평균 휴대전화 사용 시간은?
한 시간 반?

48. 마지막 시즌을 작업하면서 가장 인상 깊었던 에피소드가 있다면?
단행본 9권 71쪽의 '고양이의 미스터리(1)' 에피소드에 알 수 없는 줍줍이의 심리 상태가 재미있게 표현된 것 같아요.

49. 지금까지 부서진 장난감은 몇 개?
셀 수 없을 정도!

50. 매미, 재구, 홍구, 줍줍이, 윤두, 말랑구에게 딱 한 문장씩 전할 수 있다면?
집사의 말을 잘 듣자!

51. 최근 새로 생긴 취미가 있다면?
노래 녹음하기.

52. 가장 포토제닉한 가족은?(인간 포함)
홍구.

53. 가장 달리기가 빠른 가족은?(인간 포함)
말랑구.

54. 가장 눈치가 빠른 가족은?(인간 포함)

욘두.

55. 가장 눈치가 없는 가족은?(인간 포함)

말랑구.

56. 어느 쪽이 더 응급 상황?!

　　뚜껑 열린 변기 앞의 욘두

　　vs. 컴퓨터 전원 앞의 줍줍이

컴퓨터 전원 앞의 줍줍이가 가족의 생계를 위협하는 상황이기 때문에 더 위험한 것 같아요! (이미 많은 원고가 줍줍이의 손에 날아갔습니다)

57. 가장 당첨되고 싶은 냥또는?

　　① 인싸냥 ② 개냥 ③ 물속냥

　　④ 병원냥 ⑤ 무릎냥

손님이 와도 도망가지 않고 살가운 인싸냥!

58. 안 쓰는 물건은 다 쓰레기이니라

　　vs. 거기엔 추억이 있어!

집이 많이 어지럽기 때문에 물건을 좀 비워내야 한다는 걸 깨닫는 중입니다. 추억도 있겠지만 버릴 건 버려야 한다!

59. 지금 장바구니 리스트 TOP 3

필요한 건 바로 사놓기 때문에 장바구니에 굳이 넣어놓지 않아요!

(필요한 건 바로 사지만 평소에 딱히 가지고 싶은 물건은 별로 없어요)

60. 홍끼는 의외로 OOO이다.

실제로 보면 의외로 다가가기 어렵고 말 걸기 어렵다는 소리를 자주 들어요.

(이거 말고 다른 의외성이 뭐가 있는지 잘 모르겠네요. 말 걸어주세요!)

61. 잠이 오지 않을 때 홍끼는 OOO한다.

「아이작의 번제」 게임을 한다. (이상하게 「아이작」을 하면 잠이 잘 와요)

62. 한 시간 안에 100만 원을 써야 한다면?

개 사료와 고양이 사료, 간식들을 사서 간식 창고에 쌓아놓으면 100만 원은 금방일 것 같아요.

63. 가장 좋아하는 크리스마스 캐럴은?

아리아나 그란데(Ariana Grande)의 「산타 텔 미(Santa Tell Me)」

64. 배워보고 싶은 언어가 있다면?

프랑스어.

65. 디저트는 달달해야지! vs. 짭짤해야지!

단짠!

66. 지금 휴대전화 배경 화면은?

기본 배경.

67. 자주 신는 양말 색깔은?

검정.

68. 제일 좋아하는 밥반찬은?

김.

69. 가장 최근 유튜브로 본 영상은?

「스트릿 우먼 파이터」

70. 계절이 하나뿐이라면 여름 vs. 겨울?

여름.

71. 홍끼는 운전면허를 O번 만에 땄다!

따지 않았다!

72. 최근 스스로에게 감탄한 일이 있다면?

자장면 한 그릇을 다 먹었다.
(원래는 반 그릇도 못 먹어요)

73. 상대가 연락 없이 약속 시간에 늦으면?

이유가 있다면 늦을 수도 있다고 생각한다.

나중에 와서 상황을 설명해주고 사과하면
아무 문제 없다!

74. 홍끼는 얼리어답터 vs. 슬로우어답터

아주 아주 늦는 슬로우어답터.

75. 어디를 가든 가방에 꼭 챙기는 세 가지

가방도 잘 안 들고 다녀요. 휴대 전화와 카
드만 들고 다님!

76. 최근 구들 때문에 이불을 찬 사건이
     있다면?

손님이 차를 타고 오셨는데 차 문이 열렸
다고 손님 차에 얼른 타버렸어요. 경기도에
서 펫택시를 자주 탄 이후로는 남의 차만
보면 펫택시인 줄 알고 타버립니다.

77. 여기까지 읽은 분들에게 한마디!

이런 걸 굳이 읽어주시다니 감사합니다!

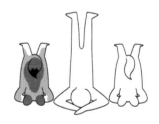

 **9**

글·그림 | 홍끼

초판 1쇄 인쇄일 2021년 10월 8일
초판 1쇄 발행일 2021년 10월 15일

발행인 | 한상준
편집 | 김민정·강탁준·손지원·송승민·최정휴
자문 | 한준근(분당 펫토피아동물병원 원장)
디자인 | 김경희
마케팅 | 주영상·정수림
관리 | 양은진
종이 | 화인페이퍼
제작 | 제이오

발행처 | 비아북(ViaBook Publisher)
출판등록 | 제313-2007-218호(2007년 11월 2일)
주소 | 서울시 마포구 월드컵북로 6길 97(연남동 567-40 2층)
전화 | 02-334-6123 전자우편 | crm@viabook.kr
홈페이지 | viabook.kr